AF140133

Grenzenlos

Alexandra Scherer (Hrsg.), *Grenzenlos*
Umschlaggestaltung: T. Arens
Satz: zuckerstudio waldbrunn
© Berlin, Wangen 2015

Herstellung und Verlag:
BoD - Books on Demand, Norderstedt
ISBN 978-3-7392-1115-2

Alexandra Scherer (Hrsg.)

Grenzenlos

INHALT

Vorwort 10

I Das Fremde und Vertraute

Kay Weingarten
  abstraktat 14
Jack Burns
  Licht 16
Miriam Malik
  Drei Stunden bis Sonnenaufgang 20
Andi Roscher
  Eine Woche im Paradies 24
Helen Skrobski
  Von Wölfen, Ziegen und Bibern 25
Christof Sperl
  Mit erhobenem Finger 31
Lara Krump
  Živo 39
Susanne Ulmer
  Lauras Lied 49
Miriam Malik
  Zwischen den Zelten 59
Jennifer Knoch
  Juan und das Schweigen 64
Renate Ler
  Schmähschrift 69
  Von Aleppo nach Köln 70

Frank Jescke
  Brennendes Haus 77
Rainer Buck
  Pack 78

II Das Damals und Heute

T. Arens
  Erinnerungen 85
Christine Heine
  Stell dir vor 90
  For L. 92
Vera Rick
  Du kannst ja mal die Ahmeds fragen 94
Lara Krump
  Wessen Schuld 101
Kay Weingarten
  Reiches Land 107
Gabriele Lanser
  Im Innern des Liedes 116
Martin Karrer
  Fragmente 133
Matthias Schlicke
  Der Schrank 144
Sonja Bethke-Jehle
  Im Zeichen des Jupiters 155

III Das Alltägliche und Monströse

Miriam Malik
Das Smartphone 169
Andi Roscher
antonistraße 176
Sven Köther
Gestrandete Wale 178
Susanne Ulmer
»He is too tall« 185
Matthias Kaiser
Morgen geht es weiter 194
Henning Bakker
Erde werden 196
Marc Richter
Europa – Ein gescheitertes Sonett 214

Anhang

Flucht, Vertreibung, Heimatlosigkeit – in regelmäßigen Abständen bricht diese Thematik aus der Nichtbeachtung aus, stört den Schlaf des gesellschaftlichen Bewusstseins und fordert nicht nur ein Bekennen, ein Stellungnehmen ein, sondern vor allem: Lösungen.

Lösungen zu liefern, kann nicht Aufgabe der Literatur sein. Dennoch geht mit dem Diktum, dass Literatur nicht nur Zustände wiedergeben, sondern Missstände sichtbar machen müsse, eine Verpflichtung zur Ehrlichkeit einher. Andererseits: »Es ist keine Kunst ein ehrlicher Mann zu sein, wenn man täglich Suppe, Gemüse und Fleisch zu essen hat.« (Georg Büchner) Das Paradoxe dieser Situation ruft sich gerade angesichts der oben umrissenen Thematik schmerzlich ins Bewusstsein.

Wie damit umgehen? – Als die Idee zu dieser Anthologie aus einer politischen Diskussion im Schriftstellerforum dsfo.de entstand, zeigte sich schon die Verschiedenartigkeit der Ansätze, der Motivationen: Zum Nachdenken wollte man anregen, die politische oder soziale Debatte beeinflussen, man wollte persönliche Erfahrungen verarbeiten oder die Komplexität der Problematik aufzeigen.

In der Konzeption dieser Anthologie wurden keine Grenzen gezogen, die Art der Herangehensweise den Autoren freigestellt. Dennoch sind weder Zusammenstellung noch Entstehung der Texte willkürlich. Bewusst wurden die Kommunikationsmöglichkeiten des Internets genutzt, die einzelnen Arbeiten einem fortwährenden Diskurs ausgesetzt. Diese Anthologie ist mehr als eine Sammlung isoliert voneinander verfasster Texte – sie ist das Resultat eines gemeinsamen Lesens und Diskutierens. Wir hoffen, dass sich dieser Ansatz in der Spannweite und Aussagekraft der Texte niederschlägt.

Die Herausgeberin dankt allen Beteiligten für ihren Einsatz, ihr Engagement und ihre Offenheit, die aus einer spontanen Idee ein Werk entstehen ließen, das für sich selbst sprechen kann.

Wangen im Allgäu, Berlin, den 13. November 2015

Der gesamte Gewinn aus dem Verkauf dieser Anthologie geht an karitative Projekte. Unter https://grenzenlosdieanthologie.wordpress.com/ können Sie sich über die Verteilung der Spenden informieren.

I Das Fremde und Vertraute

Kay Weingarten

ABSTRAKTAT

so lang er handeln kann//

        //so lang er handeln kann

und er verhandeln kann//

        //und er verhandeln kann

und was vertreiben//

        //was vertreiben

wen vertreiben//

        //wen vertreiben

zählen kann//

        //zahlen kann

so lang zählt er//

        //so lang zahlt er

und ist frei//

//ist er frei

setzt er frei//

//sitzt er frei

zügig zonen//

//und verbannt

als ob's//

//hier stirbt

kein//er

so obszön//hinter zäunen

hinter zäunen//

gäbe//

Jack Burns

LICHT

Sommer in Wolgograd

Eins, zwei, drei ... zähl ich meine Schritte. Geht sie wirklich neben mir durch diesen Park in dieser Stadt? Sie lacht mich an, ohne Berechnung, singt und tänzelt. Vor - zurück.
Sie ist Sveta, sie ist Licht.
»Ich mag Rammstein, ich mag Deutschland. Magst du Rammstein?"
Ich denke, nein. »Ja«, sag ich. »Sing weiter, Liebste!« Den Gefallen tut sie sich. Mein Verlangen juckt sie nur, wenn es sich mit ihrem trifft. Lange Tage an der Wolga, kurze Nächte im Hotel. Vögeln, Wodka, Borschtsch und Vögeln, bis zum Morgengrau'n. Ich wecke sie mit einem Scherz, den hat der Teufel mir gesagt. »Svetoschka aus Kasachstan, bläst, wie's keine andre kann.« Kaum heraus, klatscht ihre Hand, so klein und zart, in mein Gesicht.
»Fick deine Mutter, deutscher Arsch, ich komme nicht aus Kasachstan.«
Ich liebe dich, denk ich und sag's, worauf sie wieder lachen muss. Dann gibt sie meinem ganzen Leib einen letzten nassen Kuss.

Herbst in Skype

»Ich vermisse dich.«

»Warum so melancholisch, meine Schönheit?«

»Scheiße. Schon drei Monate. Und noch immer keine Antwort wegen des Visums.«

»Bürokratie.«

»Ich halt das nicht aus. Vielleicht lehnen sie ab.«

»Quatsch!«

»Kwaaschsch! Deutsch ist lustig.«

Winter in Berlin

»Wie soll ich hier mit meinen Schuhen gehen? Alles voll Eis und Schnee. Ich habe noch nie so lange auf die Bahn gewartet. Warum ist hier alles so dreckig? Wann arbeitet dein Internet wieder? Ich muss Mama anrufen. Das ist ja hier wie im Dorf.«

Die Bahn fährt auch in den nächsten Tagen nicht oder nur sehr unregelmäßig.

Die Frau vom Kundenservice schlägt mir vor, einen Anwalt zu kontaktieren, wenn ich mit dem Provider unzufrieden bin. Svetlana ruft ihre Mutter vom Internetcafé aus an.

Der Schnee wird über mehrere Wochen nicht geräumt. Noch lange nach Svetas Besuch werden die Berliner durch die Straßen rutschen.

Ich schäme mich. Ich entschuldige mich für meine Stadt, für mein Land.

»Normalerweise ist das nicht so.«

»Fünf Monate warten und ein Haufen Geld, um dieses Kackland zu besuchen«, schreit sie.

»Ich dachte, du besuchst mich«, sage ich mit Dackelblick.

»Du bist Kwaaschsch!« Sie hält mein Gesicht fest und schleckt mich ab. Dann vögeln wir. Dann fliegt sie nach Hause.

Frühling in Skype

»Meine Liebste …«

»Ach, schieb's dir in den Arsch. Ist das eure Demokratie? Wenn sich Männer heiraten, ist das kein Problem für euch. Aber eine russische Frau muss sich erniedrigen, bevor sie reindarf in euer Paradies. Ich hab ein Diplom, einen guten Job. Ich hab das nicht nötig.«

»Ich hab die Gesetze nicht gemacht.«

»Nein.«

»Wir müssen einfach etwas Geduld haben.«

»Der Onkel meiner besten Freundin war in Odessa.«

»Du meinst …«

»Ja. Er wollte demonstrieren, gegen die Faschisten. Sie haben ihn verbrannt.«

»Lass uns nicht jetzt darüber reden.«

»Eure Journalisten, eure Politiker solidarisieren sich mit den Faschisten. Korrupte Oligarchen putschen sich an die Macht und wer protestiert, wird umgebracht.«

»Beruhige dich, Sveta! Ich liebe dich.«

»Wenn du mich liebst, dann weißt du auch, in welcher Stadt ich lebe.«

»Wolgograd?«

»Stalingrad! Und meine Großeltern haben auch hier gelebt – bis ihr sie ermordet habt.«

»Ich war da noch gar nicht geboren.«

»Die neuen Faschisten tragen jetzt auch SS-Abzeichen. Ihr gebt ihnen Geld und Waffen.«

»Svetlana. Ich geb niemandem irgendwas und ich hab niemanden ermordet.«

»Ich weiß. Ich bin nur so …«

»Traurig?«

»Wütend.«

»Vielleicht reden wir besser morgen weiter.«

»Besser übermorgen.«

»Ich lieb dich.«

»Ich … Bis bald!«

Ein Sommer in Barcelona

Eins, zwei, drei … zähl ich meine Schritte. Meine Frau geht neben mir, Katja jagt die Tauben. Die Stadt ist warm und duftet zart, Eiscreme tropft von meinem Bart. Sveta wischt ihn sauber, leckt jeden Finger ab. »Vermisst du – Heimat?«, frag ich sie.

»Und du?« Wir lachen und wir lachen. Dann ruft sie unsrer Tochter zu: »Wir müssen bald nach Haus.«

Sie ist Sveta, sie ist Licht. Und Katja ist die Sonne.

»Ich liebe euch«, sag ich und denk es und sie denkt es auch. »Hast du Rammstein je gemocht?«, frage ich und sie sagt – nichts. Doch lächeln tut sie, ganz verschmitzt, wie über einen schlechten Witz.

Der trotzdem witzig ist.

Miriam Malik

Drei Stunden bis Sonnenaufgang

Wumms.

Ahmed schreckt hoch, knipst die Nachttischlampe
an. Sein Herz rast. Was war das? Eine Bombe? Eine
Granate? Nein. Nur die Tür ist zugeschlagen. Mit
zitternden Händen aktiviert er sein Smartphone. Es
ist drei Uhr fünf morgens. Er hat geschlafen. Das ist
immerhin schon etwas. Allerdings nicht länger als
dreißig Minuten. Ahmed ist müde. Todmüde. Er atmet tief durch, legt sich dann wieder hin, zieht die
Decke hoch bis zum Kinn. Das Licht lässt er brennen.
Er wagt nicht, es wieder auszuschalten. Er braucht
Zeit, um sich zu beruhigen. An Schlaf ist erst einmal
nicht zu denken.

Wie oft hat er beklagt, dass sie die Türen nicht leise
zumachen können.

„Das ist eine Brandschutztür", sagt der Wachmann.
„Die schließt automatisch. Das ist Vorschrift."

„Es ist eine alte Tür", meint die Frau vom Hilfskreis
und zuckt hilflos mit den Achseln. „Leider kann ich
nichts für Sie tun. Die Toiletten sind nun einmal auf
der anderen Seite der Brandschutztür. So ist das eben
hier in der Kaserne."

„Natürlich können wir die Tür leise schließen, Ahmed. Wir werden in Zukunft darauf achten", sagen
die anderen, die mit ihm auf dem Gang wohnen.

Doch natürlich tun sie es nicht. Und keiner möchte mit ihm das Zimmer tauschen.

Wumms.

Ahmed greift wieder nach seinem Handy. Drei Uhr neun. Der Toilettengänger ist auf dem Weg zu seinem Schlafzimmer. Ahmed hört seine Schritte durch den Gang hallen, lauscht darauf, wie sich irgendwo eine Tür öffnet und kurz darauf wieder schließt. Ahmed atmet tief durch, löscht das Licht. Doch Schlaf will sich nicht einstellen. Irgendwann gibt er auf, schaltet das Licht wieder an, aktiviert sein Smartphone, öffnet Facebook.

Er verzehrt sich nach einem Stück Normalität.

Seine Schwester hat Bilder von einem fröhlichen Kindergeburtstag gepostet. Sie ist jetzt in Saudi-Arabien. Sein Bruder hat ein Video seines Sohnes beim Radfahren eingestellt. Er wohnt jetzt in Schweden. Davor, dazwischen, danach haben Freunde, Cousins und Tanten Nachrichten geteilt – über Fassbomben-Angriffe, Selbstmordanschläge, Folteropfer, Zerstörungen des IS.

Ahmed legt sein Handy weg. Die Bilder aus den Nachrichten bleiben. Sie vermischen sich mit seiner Erinnerung an den leblosen Körper seiner Verlobten Maryam, die von einer Mörsergranate tödlich getroffen wurde. Nach ihrem Tod wollte er nichts anderes, als selbst eine Waffe in die Hand nehmen. Um Maryams Tod zu rächen, um diesen gewaltigen Zorn, der in ihm tobte, zu befrieden. Doch für wen hätte er kämpfen sollen? Oder gegen wen? Das Regime, der IS, al-Qaida, die anderen Rebellengruppen – standen sie nicht letztendlich alle für Terror, für

Verzweiflung, für Tod? Ahmed wollte nicht für das Blut Unschuldiger verantwortlich sein und entschied sich deswegen für die Flucht.

Wumms.

Ahmed schreckt erneut hoch, seine Hände fangen wieder an zu zittern. Denk nicht an Maryam, ermahnt er sich. Es funktioniert. Doch dafür strömen neue Bilder auf ihn ein. Bilder von der Fahrt durch ein zerstörtes Syrien. Bilder vom völlig überladenen Flüchtlingsboot, das nahe Kos kenterte und drei Menschen das Leben kostete. Und in das er sich als Letzter gewaltsam hineingedrängt hatte. Bilder von der langen Flucht über den Balkan, von Streitereien mit Schleppern, mit anderen Flüchtlingen, mit der Polizei in der Türkei, in Serbien, in Ungarn. Auch in Deutschland hat er keinen Frieden gefunden. In der Erstaufnahmeeinrichtung hat er sich aus nichtigen Gründen mit ein paar Afghanen geprügelt. Er weiß nicht einmal mehr, wieso. Er wollte nicht töten und nicht kämpfen und hat es doch getan.

Wumms.

Dann haben sie ihn in diese Kaserne gesteckt, mitten im Nirgendwo, in der er mit Hunderten Fremden zusammenlebt. Er fragt nicht, woher sie kommen, denn er weiß es anhand ihrer Namen, ihrer Redeweise, ihres Wohnortes. Wie die meisten von ihnen hat er den Tod gesehen, wie die meisten von ihnen selbst getötet. Doch das ist eine Gemeinsamkeit, die sie nicht verbindet, sondern trennt. Sie dürfen nicht wissen, was er getan hat, er darf nicht wissen, was sie getan haben. Sie müssen zusammenleben.

Wumms.

Manche hier versuchen, ihm zu helfen. Bei den Papieren und beim Deutsch lernen zum Beispiel. Andere kommandieren ihn herum. Bei der Registrierung, bei der Essensausgabe, beim Arztbesuch. Das Asylverfahren läuft endlos. Er ist allein mit seinen Gedanken, zur Untätigkeit verdammt, darf nicht arbeiten. Doch selbst wenn – was soll er tun? In Syrien hat er Intarsienarbeiten verkauft. „Du bist nicht qualifiziert", sagen sie hier. „Das wird schwer." Jetzt haben sie wieder Grenzkontrollen eingeführt. Ihr seid zu viele, du bist nicht mehr willkommen, lautet die Botschaft. Deutschland öffnet Türen, um sie wieder zuzuschlagen.

Wumms.

Ahmed sieht wieder Maryams Gesicht vor sich. Er atmet tief durch. Vier Uhr, sagt das Smartphone. Zwei Stunden noch bis Sonnenaufgang. Acht Stunden bis zum Mittagessen. Sechzehn Stunden bis Sonnenuntergang.

Andi Roscher

Eine Woche im Paradies

wenn
ich mich am montag morgen aus dem schlachtfeld
meiner alpträume schäle
in pflichterfüllung meines ein-euro-jobs alte
kaugummis von parkbänken und
unkraut aus den ritzen von waschbetonplatten pule
rechnungen so alt und groß wie kontinente auf mir lasten
mir eingänge von supermärkten so unüberwindbar wie
die grenzen zum vatikan erscheinen
ich mich nachts in räusche flüchte die ich nie bezahlen könnte
mich am wochenende in ein pokemon verwandle das
meinen kindern eine heile plastikwelt beschert
das am sonntag abend an den rasiermesserscharfen
kanten meiner abgrundtief schwarzen bettdecke
verblutet wie eine sau im schlachthof
dann
ist mein beschissener kosmos nur eine hundertstel facette
vom auge einer schmeißfliege
erahne ich doch
den godzilla der
dich tag für tag und
nacht für nacht
vor sich her treibt,
Refugee

Helen Skrobski

VON WÖLFEN, ZIEGEN UND BIBERN

Vor langer Zeit lebte auf einem Damm eine Familie fleißiger Biber.

Eines Tages brach ein fürchterliches Unwetter über sie herein. Der Damm wurde zerstört und die Biber machten sich auf die Suche nach einem Unterschlupf. So kam es, dass sie eine alte Scheune fanden, die von Ziegen bewohnt war.

Der älteste der Biber trat an das Tor und erhob seine Stimme. »Bitte, Ziegen, seid so gütig, lasst uns hier nächtigen. Es regnet und stürmt und unser Damm kann uns nicht mehr beschützen. Wir werden euch nicht zur Last fallen und helfen, wo wir können!«

Die Ziegen betrachteten die Fremdlinge mit Misstrauen und berieten, was zu tun sei.

»Habt ihr diese langen Zähne gesehen?«, wollte eine der Ziegen wissen.

»Und ihre platten Schwänze?«, fragte eine andere.

»Wie sollen sie uns helfen, so klein wie sie sind?«, wunderte sich eine Dritte.

Die älteste der Ziegen trat vor die Jüngeren und bat um Ruhe. »Ihre Zähne mögen lang sein, die Schwänze platt und ihre Größe gering. Aber sie haben uns um Hilfe gebeten und sie wollen sich erkenntlich zeigen.«

»Und wenn sie Böses im Schilde führen?«, fragte die jüngste und ängstlichste Ziege.

»Das, mein Kind, kann niemand wissen, nicht einmal die Sterne«, antwortete die Älteste.

»Platz ist hier nicht einmal für unsereins genug!«, jammerte die Nächste. »Zu klein ist die Scheune, zu groß sind die Löcher im Dach und zu stark ist der Regen.«

Die Biber hörten den Streit der Ziegen und überlegten, was sie tun könnten.

»Wenn wir ihr Dach reparieren«, sagte einer von ihnen, »dürfen wir vielleicht in ihrer Scheune hausen. Es würde nicht lange dauern, und wenn das Unwetter vorbei ist, kehren wir zu unserem Damm zurück. Dann bauen wir einen, der dem nächsten Regen standhält!«

Die Ziegen schliefen bereits tief, als die Dämmerung anbrach. In stillem Einverständnis hatte ihr Oberhaupt den Bibern angeboten, den Unterschlupf zu teilen. Die Biber begannen mit ihrer Arbeit und versuchten, sie so leise wie möglich zu verrichten. Sie sammelten große, stabile Äste und kletterten auf das Dach der Scheune.

»Es ist kalt«, sagte der eine Biber. »Was haben wir davon, wenn wir ihr Dach herrichten?«

»Wir sollten weiterziehen«, grummelte ein anderer.

»Liebe Freunde«, fing der Älteste an, »stellt euch vor,

das Schicksal führt unsere Brüder und Schwestern eines Tages an genau diesen Ort, wenn sie Not leiden. Auch für sie wird es dann trockene Stellen geben.«

»Und wenn sie uns fortschicken, nachdem wir unsere Arbeit getan haben?«

»Das, meine lieben Freunde, kann niemand wissen, nicht einmal die Sterne.«

Auf der Jagd nach Beute pirschte sich ein Rudel Wölfe an die Scheune heran. Sie waren hungrig und schon seit vielen Nächten umhergestreift.

Kaum hatten sie die Ziegen in der Scheune gewittert, lief ihnen das Wasser im Maul zusammen.

Sie versteckten sich hinter den Büschen und legten sich auf die Lauer.

Als sie jedoch die Biber entdeckten, zögerten sie für einen Moment.

»Seht ihr diese langen Zähne?«, fragte der eine Wolf. »Sie dringen durch Holz, als wäre es Butter!«

»Und diese platten Schwänze?«, wunderte sich der Zweite. »Sie schlagen damit sogar Nägel in die Balken!«

»Aber sie sind doch so klein, was können sie schon ausrichten?«, warf ein Dritter ein.

Der älteste und weiseste Wolf trat hervor und knurrte. »Das, meine lieben Freunde, kann niemand wissen, nicht einmal die Sterne. Wir müssen achtgeben.« Er schwieg eine Weile und lief ziellos hin und her. »Treue Freunde, ich habe eine Idee.«

Lautlos näherten sich die Wölfe der Scheune und starrten mit sabbernden Mäulern durch eine Spalte im Holz.

»Liebe Ziegen, kommt und hört, was ich zu sagen habe«, sprach ihr Anführer.

Die Ziegen wachten auf und gähnten.

»Wer wagt es, uns um diese Zeit zu stören?«, wollte die älteste Ziege wissen.

»Ein Freund, der euch vor großem Unglück bewahren möchte!«, antwortete der Wolf. »Drum lauscht meinen Worten mit Bedacht.«

Die älteste Ziege bat die Jüngeren, näherzukommen, damit sie dem Fremden zuhören konnten.

»Eure Gäste, die Biber«, begann der Anführer der Wölfe, »wollen euch Böses antun.«

»Sie wollen uns helfen!«, protestierte die jüngste Ziege.

»Helfen?«, sprach der Wolf und grinste. »Habt ihr die langen Zähne gesehen? Sie dringen durch Holz, als wäre es aus Butter. Ihre Schwänze sind so stark, dass sie Balken zerstören können! Und sind die Löcher im Dach nicht größer geworden? Könnt ihr es denn nicht sehen? Seid ihr so blind, werte Ziegen?«

Die Ziegen schauten nach oben und betrachteten das Dach.

»Jetzt kann ich es sehen!«, rief die eine Ziege aufgeregt. »Das Loch hier vorne war gestern noch kleiner!«

»Und das dort drüben«, meckerte die Nächste, »ist ganz neu!«

Der Anführer der Wölfe senkte den Kopf und beteuerte sein Mitleid. »Es war töricht von euch, diesen Fremden zu vertrauen. Ihr solltet sie noch heute Nacht verjagen!«

Während die Wölfe in ihr Versteck zurückkehrten, versammelten sich alle Ziegen im Kreis und berieten, was nun zu tun sei.

»Die Biber, sie wollen uns ertränken!«, empörte sich die Erste. »Sie machen Löcher ins Dach, damit der Regen in die Scheune kommt.«

»Und sobald wir tot sind«, meckerte eine Zweite, »machen sie die Löcher zu und nehmen unsere Scheune ein!«

»Sie dürfen keine Sekunde länger bleiben!«, beschloss die älteste Ziege.

Und so geschah es, dass die Ziegen die Biber von ihrem Hofe vertrieben.

»Endlich«, sagte die erste Ziege, »muss ich keine Angst mehr haben, zu ertrinken!«

»Endlich«, sagte die zweite Ziege, »muss ich keine Angst mehr haben, von Balken erschlagen zu werden!«

»Endlich«, sagte die dritte Ziege, »muss ich keine Angst mehr haben, totgebissen zu werden!«

»Endlich«, sagte die älteste Ziege, »ist alles wieder wie vorher!«

Als der Mond hoch am Himmel stand, legten sich die Wölfe auf die Lauer.

Der Anführer beobachtete die schlafenden Ziegen durch den Spalt und bleckte die Zähne.

»Endlich«, fing er an, »sind die Biber verschwunden!«

»Endlich«, sagte der Zweite, »müssen wir nicht mehr hungern!«

»Endlich«, sagte der Dritte, »ist die Zeit gekommen!«

Christof Sperl

Mit erhobenem Finger

Passkontrolle. Departure. Gelbe Schrift auf braunem Hintergrund. Die Beamtin in der erdfarbenen Uniform lächelte mir kurz zu, nickte, um mich zum Herantreten aufzufordern. Ein Blick ins runde Kameraauge, das ich während der gesamten Prozedur fixieren sollte. Foto, Abgleich, alles schien zu stimmen, denn die Beamtin hämmerte schon den Stempel in meine Papiere und entfernte die Ausreisekarte. Eine kurze Kopfbewegung nach hinten, weitergehen. Das war hier alles andere als unhöflich, zumal die Geste von einem Lächeln begleitet wurde, das lange anhielt. Die Frau schob mir den Pass durch die Aussparung im Fenster in meine Bewegung links vorbei am Schalter hinein. Ich dankte mit zusammengelegten Händen, dazwischen Bordkarte und Pass, die Spitzen der Zeigefinger auf Nasenhöhe: »Korp khun khrap.«

Auf dem endlos langen Flug kamen Erinnerungen. Wie immer war es sehr heiß gewesen, meistens mehr als dreißig Grad, was meine Körperfunktionen verzögert hatte. Zweimal pro Woche rasieren, das war in diesem Klima genug: Feuchtwarme Luft, die auch die Menschen in ihren Bewegungen sehr langsam werden ließ. Bestellte man sich ein kaltes Getränk, bildete sich nach ein paar Sekunden auf der Tischplatte eine kleine Pfütze aus Kondenswasser ums Glas herum.

Ich hatte mich, wieder einmal, für ein paar Wochen in diesem goldverzierten, bunten Land aufgehalten, in dem Frauenstimmen wie Gesang, die der Männer aber wie Nachrichten aus einem billigen Transistorradio klangen, in dem alle Entscheidungen langwierig im Kollektiv getroffen wurden, und die wichtigste Gesprächsgrundlage diejenige über das Essen war. Man aß hier ohnehin fast ohne Unterlass, zu jeder Tages- und Nachtzeit. Wer um sieben schon einmal satt war, holte sich auch um zehn noch was.

Ich hatte mich an die unablässige Sozialkontrolle gewöhnt, mich Tag und Nacht in der Familie bewegt, immer jemanden um mich gehabt, in den wenigen Augenblicken des Alleinseins manchmal nach dem Weg gefragt und oft den erhobenen Zeigefinger zu sehen bekommen, der nicht zum ersten Stock deuten, sondern so etwas wie ›dort hinten‹ bezeichnen sollte. Manches Mal hatte man mich zum Herbeikommen gelockt; ich hatte schon gelernt, dass es immer etwas zu verkaufen gab, doch das war mit der Handfläche nach unten geschehen, wobei alle Finger außer dem Daumen sich mehrmals und flink zum Handgelenk hin gekrümmt hatten. Eine Geste, wie sie zu diesem Zwecke bei uns üblich ist, wäre sehr unhöflich gewesen, genauso wie auch ein Pfeifen, ob es nun eine Melodie war, oder bloß einem Hunde galt.

Die armen Hunde. Sie waren ohnehin nur gekommen, wenn es Aussicht auf etwas zu fressen gegeben hatte. Und hatte man ein Stück Holz aufgenommen, um mit dem Tier zu spielen, war es, als das ewig geschlagene und verjagte Wesen, vor lauter Angst mit geducktem Schritt und durchhängendem Rücken geflüchtet.

Nicht nur die Bedeutungen der Gesten unterschieden sich von denen, die ich aus meiner Heimat kannte, sondern auch die Art, wie und worüber man sich unterhielt: Warum ist dein Mann so dick geworden? Warum bist du so dünn? Warum hast du so viele Pickel? Was verdienst du im Monat? Das wären bei uns Fragen höchster Indiskretion, die nach den Pickeln konnten Teenager zum Heulen bringen, und vor allem die nach dem Einkommen wäre für jeden Franzosen der Tabubruch schlechthin. Dort aber, im Land der siebenundvierzig Personalpronomen, war all das gewöhnliche Frage und Rede, deren ungenaue Beantwortung ein Höchstmaß an Ideenreichtum erforderte. Manches Mal war ich für Erklärungen zu faul, und manches Mal hielten die Regeln meiner Herkunft und Prägung mich davon ab, genauer auf all die Fragen einzugehen.

Oft hatte ich überlegt, ob die große Zahl der Pronomen bedeuten könnte, dass die Leute dort klüger, schwerer zugänglich oder vielschichtiger wären, war aber zu dem Schluss gekommen, dass Sprache, weil sie das Ziel hat, Dinge auszudrücken, sich den besten Pfad selbst sucht. Wie verschlungene Rinnsale ihren Lauf an einem Fels herab bahnen, und keines dem anderen gleicht, so findet jede Sprache den ihr eigenen Weg zur Bezeichnung. Wird sie aber an einer Stelle komplex, nimmt sie an anderer Stelle an Schlichtheit zu. Ich versuchte, mich hineinzufinden, machte Fehler, stieß auf wohlwollende Belustigung, gab aber nicht auf.

Ich beobachtete viel. Wichtig war die Augenpartie. Der Mund spielt kaum eine Rolle, weshalb man als Europäer immer gern der falschen Vermutung nichtsahnender Teilnahmslosigkeit offener, Zähne zeigender Münder erliegt. Die Augen forderten, verfolgten, lockten stechend, lächelten sonnig, beobachteten, sicherten, beurteilten streng. Sprache fragte aus, die Antworten und die Augen halfen beim Urteilen, ordneten ein. Ob man einer von oben oder unten war. Reich oder arm, Herr oder Knecht.

Die Menschen waren ausnehmend schön, die Gebäude aber hässlich und ungepflegt. War alles erst schwarz verwittert, riss man ab und baute neu.

Hauptsächlich wurde links gefahren. Doch so manches Gefährt kam einem, da es so langsam war und nur eine kurze Strecke zurückzulegen hatte, auf der eigenen Spur entgegen, was aber niemand besonders zu beachten schien. Man war ohnehin beim Fahren damit beschäftigt, den streunenden Hunden auszuweichen, die allenthalben die Landstraßen und Autobahnen überquerten. Das hatte mit Tierliebe nicht viel zu tun: In jedem Hund konnte die Seele eines Verstorbenen stecken, Geister beherrschten die Vorstellungswelt, und einige von ihnen bekamen Wasser, Nahrung und auch mal ein bisschen Whisky zur

Besänftigung in die Altartempelchen der Vorgärten gestellt.

Die eine rote Ampel galt es zu respektieren, die andere war unwichtig. Welche Ampel wichtig war und welche nicht, bekam ich nie heraus. Farben, Hell und Dunkel. Der Mond lag wie eine Schüssel im schwarzen Himmel.

Auf den langen Fahrten waren alle fünfzig Meter riesige, beleuchtete Portraits des guten Königs, seines Sohnes, der Prinzessin oder der Königin zu sehen. Immer wieder wurde man am Kragen gepackt und mit dem Gesicht in die bunte Königspropaganda hineingestoßen. Unser! Guter! König! Den wir alle lieben wollen! Zweimal am Tag spielte man die Hymne im Fernsehen, das den Menschenalltag überall und immer begleitete. Auch im Kino erklang die Melodie vor jedem Film, dazu Bilder vom guten König beim Bäumchen pflanzen, beim Geschenke verteilen, beim ersten Spatenstich. Das Kinopublikum muss aufstehen. Und auf den alten Filmbildern erheben die knienden Leute zum König die Hände, die Handflächen aneinandergepresst. Ewige Untertanen einer Zeit, die sich niemals ändern soll.

Dann kam der Geburtstag der Königin. Es war, als hätte man einen geheimnisvollen Schalter umgelegt, jeder trug auf einmal Blau. Ich hatte mich schon ob der Shirts gewundert, die seit ein paar Tagen allenthalben in vielen Tönen dieser Farbe feilgeboten worden waren. Lautsprecherwagen hatten dazu Politpropaganda bis ins letzte Dorf verkündet, und Männerstimmen daraus schallend durchs Viertel geknarzt, begleitet vom Stöhnen löchriger Auspuffrohre und dem Heulen müder Motoren.

Mitunter trugen die Royals auf den goldumrandeten Plakaten ganz normale Kleidung, doch die männlichen Familienmitglieder waren meist wie Militärs oder Polizisten angetan. Wo Militär und Polizei aufhören und die Religion beginnt, wo der Klerus endet und es mit dem König anfängt, diese Grenzen sind immer noch verwaschen. Drehte man zu stark an einem Schräubchen, müsste alles zusammenbrechen. Daher bewegte man lieber gar nichts, und stellte keine Fragen. Obwohl die Polizei Teil des staatlichen Bauwerks ist, dem alle gern ihre Referenz erweisen, gilt sie als Gegner, denn sie schikaniert, wo sie kann: Wer, wie die Polizisten, kaum etwas verdient, muss sich anderweitig Einnahmequellen sichern.

Die Menschen waren wie immer offen und freundlich, hießen jeden Besucher willkommen, ob er nun Geld brachte oder nicht.

Ich hatte einen kurzen Fußweg. Ein Straßenarbeiter rief mir sein »Welcome« zu. Könnte dergleichen auch bei uns passieren?

Mir war solches dort schon oft geschehen: Einen, dem das Andersartige im Gesicht stand, hatten wildfremde Menschen bei der Hand genommen, ihm all die Verrichtungen im Tempel erklärt.

Manches Mal war mir in der Müdigkeit ein wenig bange geworden: Die Nächte pechschwarz, heiß und voller fremder Sterne, unerklärlicher Laute und zu frühem Hahnengekräh, klagender Vogelstimmen und dem langgezogenen Heulen weit entfernter Hunderudel. Der Dirigent der Grillen gab mit seinem ersten Streich das Zeichen fürs Orchester. Nach der kurzen Stille, in der ich schon fast eingeschlafen war, fiel jedes Insekt in die zischende Sinfonie ein, und mit der Ruhe war's geschehen.

Das Flugzeug war gelandet, ich fuhr mit dem Auto die zweihundert Kilometer zu meiner Heimatstadt zurück. Auf dem Standstreifen liefen Gruppen von Flüchtlingen. Familien. Von Zeit zu Zeit abgepasst von deutschen Polizeiwagen. Die Polizisten wollten wohl erklären, dass das Betreten der Standstreifen deutscher Bundesautobahnen nicht ordnungsgemäß und ob der immerwährenden Raserei viel zu gefährlich sei. Familien, abgepasst von einer Polizei, die in ihrer Hilflosigkeit schon ein wenig fehlplatziert wirkt, von einer Polizei, die eine Ordnung simuliert, die schon nicht mehr ist. Kann man von den Geflohenen erwarten, in der Polizei nicht wieder einen Gegner, sondern auch das Helfende zu sehen? Man lädt die Ängstlichen allenthalben ein. Alle paar hundert Meter sieht man Grüppchen einsteigen. Man bringt sie irgendwohin. An einen Ort in einem Land, von dem sie so gut wie nichts verstehen, und in dem es bald bitterkalt wird. Ein Land, dessen Regeln sie mühsam erlernen und erfahren müssen, das ihnen, fast so wichtig wie Wasser, Bleibe und Brot, erst einmal Eigenheiten und Absurditäten seiner Welt nahebringen müsste: Dass Züge meist pünktlich abfahren. Dass es mit dem Sonnenschein bald vorbei ist. Dass man auch mitten in der Nacht nicht bei Rot über die Fußgängerampel geht. Dass man einer Frau nicht unbedingt die Autotür öffnen muss, man im Supermarkt nichts probieren darf, ohne es dann auch zu kaufen. Man müsste ihnen zeigen, wie man eine Heizung, ein Bad, ein Klo bedient, wie laut man reden darf, überhaupt, wie man sich am besten benehmen sollte, ohne gleich anzuecken. Dass es auch Menschen gibt, die an nichts mehr glauben, nichts Fremdes sehen möchten, es als Störung ihrer schon am Tag betrunkenen Gemütlichkeit empfinden, es abtransportieren und seine Unterkünfte niederbrennen wollen.

Man müsste sich viel Zeit nehmen und viel erklären: So wie man einem von uns begreiflich machen müsste, dass nichts dabei ist, wenn man in Frankreich den Camembert drückt, um ihn, ist er nicht weich genug, wieder ins Regal zurück zu stellen. Dass nichts dabei ist, wenn jemand aus dem Land der siebenundvierzig Personalpronomen fragt, wie viel man im Monat verdient.

Man müsste ihnen sagen, dass man Lieder pfeifen darf. Und die meisten Vögel nur im Frühling zwitschern.

Lara Krump

Živo

Das Zimmer, in dem sie saßen, war zu leer eingerichtet. Ein Wohnzimmer sollte das sein, die nötigen Möbel dafür waren auch da: ein Sofa, ein Sessel und ein Fernseher auf einem niedrigen Regal. Ein Couchtisch, kaum sichtbar unter Kaffeetassen, Büchern, unzähligen Zetteln und Papieren. Es war ein Wohnzimmer, in dem alles drin war, das auch nicht steril war, und trotz der fünf Personen im Raum war es immer noch zu leer. Scheiß drauf, es war das Paradies.
Ich konnte nicht richtig fassen, was passierte, also grinste ich bloß und nahm die Tasse Kaffee, die sie mir anboten. Er schmeckte fantastisch. Vier Leute quetschten sich auf das Sofa vor mir. Ein Araber, der schon älter war, einer in meinem Alter, ein osteuropäisch Aussehender, der die Tür aufgemacht hatte, und seine Freundin oder Schwester. Das waren die nettesten Menschen der Welt, völlig klar, die hatte der Himmel geschickt, mit einer Wohnung, die ein verdammtes Zimmer freihatte, in einem Haus von so einem Verrückten, der noch mal alles gutmachen wollte auf die alten Tage und deswegen gerade an traurige Schicksale wie uns vermietete. Der zweite Schluck Kaffee war bitter wie der Dreck auf Maishas Körper und der Ausdruck auf Živos schmalen Lippen, die sich in meine Gedanken schoben.

Živo kam eine Stunde zu spät zu unserem Platz. Standard. Ich lehnte an der Mauer neben der Tür, durch die man hier aufs Dach kam. Živo wollte meistens ganz vorne an der Dachkante sitzen, damit man über die Stadt gucken konnte. Hielt ich noch nie was von. Wozu sollte man sich das reinziehen? Wenn du ganz hinten an der Mauer sitzt, siehst du nur das Dach ein paar Meter vor deinen Füßen und darüber endloses Blau. Die GU stand auf nem Hügel, sodass über dem Dach nicht mehr viel kam. Nur Himmel also.

Als er endlich da war, redete er ein Zeug zusammen, von dem ich nicht mehr im Geringsten sagen könnte, worum es ging, aber gerade deswegen passte es zu dieser ganzen unwirklichen Stimmung, in der ich da saß. Es hatte irgendwie mit einem Labyrinth zu tun und dass der Pförtner ihm gesagt habe, es sei überhaupt nicht schlimm, wenn einem das Ganze wie ein Labyrinth vorkomme, weil ein Labyrinth, also ein richtiges natürlich, nämlich ganz genau nur einen Weg habe, und zwar den, der zum Ziel führe. Ins Innere vom Labyrinth.

Was? Dieser Pförtner schien ja ein ganz großer Philosoph zu sein. Wie Živo das sagte, behagte mir das nicht.

»Wenn ich aber überhaupt nicht hineinwill, in das Innere von diesem scheiß Labyrinth, was dann? Hat das der Pförtner auch gesagt?«

»Nein, hat er nicht gesagt. Ich schätze, das geht nicht. Im Labyrinth geht's nur zum Ziel.«

Über die Mauern klettern könnte man doch, überlegte ich, aber behielt es für mich, weil Živo bestimmt was dagegen gewusst hätte, zum Beispiel, die Mauern wären zu hoch oder so was. Er machte dann sowieso keine Anstalten, dazu noch irgendwas zu sagen, also klaute ich ihm eine Kippe aus der Schachtel und drehte sie ein bisschen nervös in den Fingern hin und her.

»Ich hab ne Wohnung«, sagte ich schließlich.

»Was? Das ist ja Wahnsinn! Ne ganze Wohnung?«

»Nee, ein Zimmer halt. In ner WG. Alles Ausländer. Aber ne richtige Wohnung. Meldeadresse, Wohnsitz und der ganze Scheiß. Und ein eigenes Zimmer, Mann. Und ein Bad für fünf Leute. Deluxe.«

Živo freute sich wie ein Schneekönig für mich, fing an, aufzuzählen, was ich mir als Erstes zulegen müsse, sobald ich meine eigenen vier Wände hätte (ein Feldbett für ihn zum Pennen natürlich), überlegte, wie viel Zeit ich mir mindestens zum Duschen und zum Scheißen nehmen solle, wenn ich jetzt schon ein fast eigenes Bad hätte, dann schlug er vor, mit welchen Anmachsprüchen ich das Mädel rumkriegen könne, fragte mit nem Anflug von Besorgnis, auf was für Zeug die andern wohl zum Essen stehen würden und fand, ich solle bloß nicht einziehen, wenn da die ganze Zeit nur Scheißmucke laufe. Alter. Und ich hatte gedacht, er wär enttäuscht, dass ich gehen konnte und er noch dableiben musste. Dabei war Živo schon immer einer, der das raushatte mit der Lebensfreude, und nicht so ein besorgter Jammertyp wie ich, der depressiv vor sich hingurkte.

Das Leben drehte sich um hundertachtzig Grad. Ich verließ mit einem Sack Klamotten und ner Umhängetasche Papierkram mein Sechsmannzimmer, auf Nimmerwiedersehen, und ließ den Sack und mich kurz darauf auf den Holzboden des gigantisch großen, bis auf eine Matratze am Boden völlig leeren Zimmers fallen. Dort lag ich eine Weile einfach nur rum und schaute an die Decke und ein bisschen zum Fenster hinaus und an den Wänden hoch und runter, bis mir die Idee kam, schnell Maisha rauszuholen und ihr das Zimmer zu zeigen. Sie war in einer schwarzen Mappe, in der das Allerwichtigste war, die Papiere, die Genehmigungen, das Zeugnis, die aufgehobenen Briefe und die anderen Fotografien. Alles, was nicht erst in Deutschland dazugekommen war, war verknittert und verwischt, von der Reise und dem Wasser, vom Verstaut- und Verstecktsein in Tüten, Kleidungs- und Körperöffnungen. Als ich das Foto in den Händen hielt, fiel mir ein, dass ich gar keinen Reißnagel hatte, um es aufzuhängen. Ich drehte es um und sah, dass noch ein Klebestreifen dran war. Auf die Matratze gekniet drückte ich das Bild an die Wand und schaute es lange an. Sie war wunderschön, auf dem Bild, in meiner Erinnerung und in meiner Vorstellung, in der ich ihren schmalen Körper immer irgendwo an einem Strand liegen sah, irgendwie traurig, mit den durchweichten, kaputten Klamotten und dem Schlamm und dem Seetang, aber irgendwie auch zufrieden, als wäre sie nach der besten, unvergesslichen, durchtanzten Nacht ihres Lebens erschöpft und glücklich ins Bett gefallen.

Auf dem Dach. Diesmal war Živo früher dran und ausgesprochen gut gelaunt. Wenn ich ihn vorher schon für seine Energie in der abgefucktesten Situation bewundert hatte, blieb langsam nur noch Ungläubigkeit übrig, dass Živo, wie beschissen seine Lage auf den äußeren Blick auch wirkte, vor Kraft bald zu explodieren schien.

Nicht, dass vor Energie platzen für Živo mal was Untypisches gewesen wäre. Ich erinnerte mich noch an meine Anfangszeit in der GU, da war gerade dieses Blöde-Asylbewerber-benehmen-sich-wie-die-letzten-Assis-Ding in allen Zeitungen und bei jedem Nazitreffen Thema. Die geben unser hart verdientes Geld für Drogen aus! Die demolieren unsere schönen Turnhallen und Kasernen, in denen wir sie wohnen lassen! Die bedrohen unsere Frauen! Die verderben unsere Jugend! Blabla. Jedenfalls gab es in unserer GU auch so Vollpfosten, die lauter Zeug kaputtgemacht hatten, teilweise aus Versehen, wie diverse Fenster beim Kicken, teilweise aber mit voller Absicht. Türen eingetreten und sich im Büro der Verwaltungsleute bisschen umgeguckt. An die Wände geschmiert. Dem Wachmann das Handy geklaut. So Zeug halt. Allen voran immer Živo. Und ich dachte, was für ein Trottel. Sorgte dafür, dass den Idioten nie der Redestoff ausging. Živo, der Typ mit der größten Klappe von allen. Hielt sich für den absoluten Abzocker und Obergangster. Ich hielt ihn für eine Knalltüte. Er kam aus dem Kosovo, sagte aber immer, er sei Serbe. Mehr wusste ich auch nicht, außer dass der Kosovo voll war von Leuten, die sich gegenseitig auf den Tod nicht ausstehen konnten. Wie überall halt.

Ich begriff auch nie, was die kleinen Jungs so an ihm fanden, dass sie sich bei diesem ganzen Müll mitziehen ließen. Dabei lag es auf der Hand. Zumindest als ich es einmal kapiert hatte. Das war eine scheiß

Bitterkeit, in was für Scherben das Leben lag, und das war eine scheiß Verzweiflung, weil man nichts machen konnte, was diese ganze Geschichte nur ein bisschen erträglicher gemacht hätte, und das war eine scheiß Wut, weil es nichts und niemanden gab, an den man das alles hätte richten können, und Živo verbrannte dieses Chaos in gefährliche Energie und Impulsivität, bevor er ihm die Chance ließ, sich in Luft aufzulösen und nur noch zerfressende Traurigkeit und Leere zurückzulassen. Das war das, was ich gemacht hatte. Irgendwann, als mich das bald umgebracht hätte, fing ich an, es zu begreifen. Und dann beneidete ich ihn für diese Lebendigkeit. Er kam also lässig angelaufen, nahm seine Sonnenbrille ab und lüftete das Rätsel seiner guten Laune, noch bevor ich mich beschweren konnte.

»Ich hab Neuigkeiten.« Vielsagender Blick. »Yeza und ich, Mann.«

»Echt? Wie geil. Hast du ja schon eine Ewigkeit versucht.«

»Eine Ewigkeit. Und am Samstag das große Liebesgeständnis. Sie steht schon total lang auf mich. Und hat nur die ganze Zeit auf Diva gemacht, weil sie dachte, dass ich ein Player bin, der sich nach drei Wochen ›kein Interesse‹ ne andere zum Vögeln sucht.«

»Freut mich mega für dich, Živo.«

»Mann, hör auf. Das klingt voll nach Mitleidstour. Hast noch immer ein schlechtes Gewissen, weil du jetzt auf der Überholspur bist und ich bald wieder auf Post warten darf?« Er lachte, und dann wieder ernst: »Du hast das verdient, Bruder. Ist so.«

Aber du auch.

In den nächsten Wochen hatten wir wenig Zeit für Dachsessions. Tagsüber hatte ich dauernd Probearbeitstermine, an drei Abenden ging ich zum Minijob in so ner mäßig besuchten Bar und an den anderen machte ich den Deutschaufbaukurs. Ich hatte einen Schulabschluss, mit dem man in Deutschland vielleicht studieren konnte, zumindest hatte das die Tussi vom Arbeitsamt so angedeutet. Müsste man sich noch irgendwie anerkennen lassen. Das klang zu gut, um wahr zu sein, und ich schlug mir die Nächte an Kadirs Laptop um die Ohren, um das Studienangebot der umliegenden Unis zu durchsuchen. Aber allein die ganzen Arbeitsmöglichkeiten taten nach Monaten des Zeittotschlagens in enger werdenden Wänden gut. Alles hatte irgendwie wieder ein bisschen an Sinn gewonnen. Nahm Formen an. Vielleicht konnte man das alles überleben. Im Oktober erzählte Kadir von seinem Auszug. Hatte ne Freundin, die hatte ne Wohnung, er hatte seit ner Weile Arbeit und ne Niederlassungserlaubnis. Wäre ne unvergessliche Zeit hier mit uns gewesen. Zeit, dass jemand anders eine Chance kriegte.

Es war schon kälter, als ich Živo das nächste Mal auf dem Dach traf, um ihm die Neuigkeiten zu erzählen. Ich schaute ziemlich blöd, als er schon dasaß.

»Was ist denn mit dir los? Hast du auf dem Dach übernachtet oder warum bist du so früh dran?«

Er lächelte. »Nee, Mann. Ich hab nur was Wichtiges zu erzählen.«

»Bin gespannt. Aber zuerst lass mich, meine Neuigkeiten sind der Hammer: In der WG wird ein Zimmer frei. Kadir hat ne Frau oder Freundin oder so und zieht zu der. Du kannst raus hier und zu uns kommen! Du hast doch keine GU-Pflicht mehr, oder?« Ganz sicher war ich mir nicht, aber eigentlich war das immer nur auf die Zeit der Antragsprüfung befristet. Wie war das noch mal, wenn ein Antrag abgelehnt wurde und einer aber nicht abgeschoben werden konnte? Durfte der umziehen?

»Na ja. Nee, die hab ich nicht. Hier kann mich nichts mehr halten. Ganz im Gegenteil. Ich muss raus.«

Ich verstand nichts.

»Schau nicht so dumm. Ist doch keine Überraschung. Wieso sollten sie den Aufenthalt verlängern und verlängern, wenn die ausm Balkan, die heute kommen, ganz easy an der Grenze gleich umgedreht und zurückgeschickt werden können?«

Sagte er, dass er abgeschoben werden sollte?

Ich verstecke ihn, schoss es mir durch den Kopf, wer käme schon auf die Idee, in einer abgefuckten Flüchtlingsbude irgendnen langweiligen Kanaken zu suchen? Ich besorg ihm einen neuen Pass, kam mir als Nächstes, als ich begriff, dass man natürlich und als Allererstes bei mir suchen würde. Der Bruder von dem Typ aus der Disco machte so was. Kinderspiel. So ein kosovarischer Serbe schaute auch nicht viel anders aus als ein deutscher Russe. Besser wär, ihm eine zum Heiraten zu finden, dann könnte ihn keiner wegen was Illegalem drankriegen. Yeza? Nee, die hatte ja selber keinen deutschen Pass. Ach Scheiße, war doch egal was, irgendwas würde es geben.

»Uns fällt schon was ein!«, fiel mir dann nur ein.

Živo grinste ein bisschen schwach, so kam es mir jedenfalls vor, und zauselte mir durch die Haare. Dann stand er einfach auf und war weg.

Sein Grinsen hatte nichts mit einem Komm-wir-machen-was-Illegales-Blick zu tun, wie sich in den nächsten Tagen herausstellte, sondern war wirklich ein schwaches Grinsen gewesen, von der Sorte: Spinn ruhig rum, Bruder, ändert halt nix. Er hatte ein Armband für Yeza gekauft. Es ihr gesagt. Sie hatte geheult und getobt und war am Ende ganz still geworden, als sie begriffen hatte, dass es nichts zu tun gab. Mir hatte er ein leeres Buch gekauft.

»Für deine Zeichnungen«, sagte er. Ich hätte ihm am liebsten eine geknallt. Er wurde abgeschoben und wir kriegten Geschenke von ihm. Was sollte das?

Ich fragte ihn, wie er einfach aufgeben könne. Aber er sagte nur, er werde zurückgehen und seine Familie suchen. Und nächstes Jahr werde er dann zurückkommen. Mit denen, die noch übrig seien. Seinen Bruder und seine Mutter hatte er verloren. Erschossen in Ungarn. Hatte er mir mal erzählt. Ich solle so lang auf Yeza aufpassen.

Irgendwann in der Woche darauf schrieb ich ihm: »Jetzt hab ich die Idee. Komm zum Treffpunkt, dann besprechen wir alles.« Dabei hatte ich gar keine.

Möglichkeiten gab es schon. Aber ich war in diesen Dingen einfach nicht sonderlich gut. Pläne schmieden, was durchziehen, das war schon immer Živos Ding gewesen. Deswegen brauchte ich ihn ja auch. Zusammen würde uns auf jeden Fall was einfallen.

Ich wartete auf dem Dach. Živo war wieder ganz der Alte, er kam und kam nicht. Ich rauchte meine Schachtel leer. Wahrscheinlich hatte er die Nachricht noch nicht gelesen, also wartete ich weiter. Setzte mich nach vorne an den Rand, schaute über die Dächer, als könnte ich dieses Mal finden, was Živo daran fand, aber es blieb nichtssagend. Ein Labyrinth aus Häusern, Bauten, Brücken und Straßen, die mir nichts bedeuteten. Da wollte ich nicht hinein. Ich beschloss, die Nacht auf dem Dach zu verbringen, konnte man noch gut aushalten. Morgen würde er kommen.

Susanne Ulmer

Lauras Lied

Er hat versagt und das weiß er auch.

Seit fünf Jahren lebt er hier und spricht ihre Sprache nicht. Hat weder berufliche Aufstiegschancen noch einen Aufenthaltsstatus. Hat auch keine deutschen Freunde. Das ergibt sich so, eines aus dem anderen.

Es ist nicht meine Schuld.

»Du könntest auch hier bleiben.« Seine Stimme zittert.

Ihre Haut, die er gestern noch weiß nannte, scheint ihm heute cremefarben. Nicht Elfenbein, nein. Eher so wie die Kakaobutter, die seine Mutter für ihre viel zu trockene Haut benutzt hat.

»Das geht nicht, Mike.« Sie klingt schuldbewusst. »Ich muss den nächsten Zug nehmen, ich bin wirklich spät dran.«

»Ich habe Angst, dass du nicht wiederkommst«, sagt er. Und sieht sie an. Sie starrt verbissen auf das alte Bahnhofsgebäude. Mike versteht. Schweigen ist eine Antwort

Er hat diese Situation schon so häufig erlebt, dass es ihn nicht mehr überrascht. Und wäre es auch nur ein einziges Mal anders gelaufen, wäre er jetzt nicht hier. Dann hätte er geheiratet und somit seinen Aufenthaltsstatus.

Aber diesmal ist es anders. Er muss weder Interesse noch Trauer heucheln, und wahrscheinlich spürt Laura das. Deswegen ihre Schuldgefühle.

Viele, die er kennt, prostituieren sich. Seine Freunde, er selbst, auch die Araber, die über ihm wohnen. Am Anfang haben die meisten noch Skrupel. Bis das Asylverfahren sich zerschlagen hat und sie Geduldete sind. Dann wird man hemmungslos.

Sie prostituieren sich unentgeltlich, für die Hoffnung, dass eine der Frauen irgendwann bleibt; dass sie heiraten können, es mindestens drei Jahre lang in der Ehe aushalten, so lange, bis sie einen Status haben, auf dem Papier Deutsche sind.

Mike hat seine Freunde oft beobachtet, sich gesagt, dass er besser geblieben ist als sie. Er geht nur mit den Frauen ins Bett, die ihm sympathisch sind. Er spricht auch nicht schlecht über sie. Nie.

Das Problem ist, man empfindet leicht Sympathie, wenn man heiraten muss, um hierzubleiben.

Mit Laura gestern war es anders gelaufen. Er hatte sie im Club kennengelernt, am Tresen.

Laura wollte keinen Sex. Sie hatte ihren Zug verpasst, und das konnte man ihr schlecht übel nehmen. Es wäre nicht nötig gewesen, mit dem Zug zurückzufahren, hätte ihre Freundin mit Führerschein etwas weniger getrunken. Das war zumindest ihre Erwiderung auf Mikes Nachfrage gewesen. Ganz verstanden hatte er sie nicht, er reimte sich die Geschichte zusammen angesichts Lauras offensichtlich angetrunkener Begleiterin, die nichtsdestotrotz wild entschlossen war, selbst heimzufahren.

»Ich kann dich zum Bahnhof bringen«, erbot er sich in dem Bewusstsein, dass kein Zug mehr fuhr. Aber Laura wusste davon offenkundig nichts. Sie musterte ihn durch ihre Brillengläser.

Mike hatte getrunken, jedoch nicht über sein übliches Maß hinaus. Verglichen mit ihrer Freundin musste er nüchtern und vertrauenserweckend wirken. Schließlich nickte sie.

»Willst du nicht mitkommen, Sandra?«, schlug sie ihrer Freundin vor. »Den Polo können wir morgen noch holen, das ist doch kein Problem.«

»Spinnst du?!« Sandra war empört. »Ich lasse doch mein Auto nicht stehen!«

»Wie du meinst.« Laura zuckte mit den Schultern und folgte Mike nach draußen.

Eine Zeit lang lief sie schweigend neben ihm. »Hast du Geschwister?«, fragte sie dann. Danach hatte sie sich vorhin schon einmal erkundigt, am Tresen.

Mike spielte alle möglichen Antworten durch, wahre und weniger wahre. Er fand keine passende. »Ich werde es dir später sagen, in Ordnung?«

Kurz trafen sich ihre Blicke. Der ihre war durchdringend, vor allem unzufrieden und Mike fühlte sich nackt. Aber sie fragte nicht weiter nach.

»In Ordnung.«

»Und du?« Er war froh, über etwas Belangloses zu reden, das trotzdem Bedeutung hatte.

»Zwei Schwestern. Sie sind beide älter als ich.«

»Verstehst du dich gut mit ihnen?«

»Nein«, erwiderte Laura resolut. »Gar nicht.«

»Oh.«

»Sie sind oberflächlich«, erklärte Laura, die seine Unsicherheit zu spüren schien, »und immer nur auf Anerkennung aus. Sie müssen im Mittelpunkt stehen, um sich wohlzufühlen.«

»Das ist nicht gut.« Bestimmt hatte sie recht, aber er wusste dazu nichts zu sagen und fühlte sich deshalb hilflos. »Man soll nicht charakterschwach sein.«

»Nein, soll man nicht.« Sie lächelte. Zum Glück sprach sie fließend Englisch.

Vor ihnen blinkte das Anzeigebrett des Stadtbahnhofs auf. Laura kniff die Augen zusammen.

»Oh Shit«, murmelte sie leise. Als Mike nichts erwiderte, drehte sie sich zu ihm. »Da fährt erst morgen wieder ein Zug.« Sie seufzte. »Typisch Sandra, ich gehe nie wieder mit ihr weg. Soll ich jetzt per Anhalter fahren, oder was?«

»Mach das nicht, das ist gefährlich«, erwiderte er schnell, und das war es vielleicht wirklich. »Du kannst bei mir übernachten. Ich wohne ganz in der Nähe und...«

Laura zog missbilligend ihre Augenbrauen hoch.

Sie erinnerte ihn an seine Grundschullehrerin, obgleich sie erst neunzehn war und eine Weiße.

»...ich kann auch auf dem Sofa schlafen«, platzte er heraus.

»Oh.« Ihre Stirn glättete sich. »Das ist sehr lieb von dir.«

Sie zog ihr Handy aus der Tasche. »Ich rufe mal meine Eltern an«, erklärte sie, als sie Mikes fragenden Blick bemerkte. »Vielleicht kann mich jemand abholen.«

Es war still am Bahnhof, so still, dass er das gleichmäßige Tuten hörte. Dreißig Sekunden lang, dann antwortete die Mailbox.

»Sie sind heute selbst auf einer Feier.« Laura legte auf und schob das Handy wieder zurück. »Mum's Arbeitskollegin hatte letzte Woche Geburtstag. Ist es weit bis zu deiner Wohnung?«

»Nur fünfzehn Minuten.«

Kurz überlegte sie und zuckte dann mit den Schultern. »Ok, ich komme mit.«

Sie verließen das Bahnhofsgebäude in Richtung Wohngebiet.

»Als was hast du eigentlich in Nigeria gearbeitet?« Für eine Deutsche war sie ziemlich neugierig.

»Ich habe studiert. Elektrotechnik.«

»Tatsächlich?«, fragte sie entgeistert. »Und warum arbeitest du dann nicht in dem Bereich?«

»Das ist ziemlich kompliziert.«

»Dein Abschluss wird nicht anerkannt, oder?«

Ihre Antwort überraschte ihn. »*Exactly*. Woher weißt du das?«

»So etwas habe ich mal bei jemand anders mitbekommen.«

»Aber ich will eine Ausbildung beginnen, wenn ich einen Deutschkurs gemacht habe.« Er bemühte sich um einen optimistischen Ton. »Im Handwerkszentrum.«

»Ach schön.« Ihre Stimme klang gleichgültig. Als könne man genauso gut *Ach Scheiße* sagen.

Sie hatte es bestimmt nicht böse gemeint, aber er fühlte sich unwohl.

Zum Glück näherten sie sich seiner Haustür.

Mike schloss auf und trat nach ihr ein. Laura verzog kurz das Gesicht, als sie im ungeputzten Flur standen, sagte aber nichts.

Er führte sie die Treppen hinauf und zeigte ihr das Bad, bevor er seine Zimmertür aufschloss. Lange betrachtete sie den Raum. Er war sauber.

Mehr als das, es war ein Zuhause. Dankbar dafür, endlich ein ganzes Zimmer sein Eigen nennen zu können, hatte Mike die Wände gestrichen und Vorhänge aufgehängt; die Farben sorgsam ausgewählt und zusammengewürfelt. Vielleicht fehlte ihm das am meisten in Deutschland – intensive Farben.

»Wow!« Laura ging zu den Bildern an seiner Wand. »Die sind aus Holz, oder?«

»Ja, ich habe es angemalt.«

»Du hast das selbst gemalt?!«

»Natürlich.«

Seine Bilder machten ihn stolz. Wer sie betrachtete, fühlte Afrika, auch wenn er nie dort gewesen war.

»Das ist großartig«, flüsterte Laura.

»Danke.« Unwillkürlich lächelte er.

Sie ging von Bild zu Bild. Gedankenversunken. Dann kam sie zurück. »Stört es dich, wenn ich schlafen gehe?«

»Überhaupt nicht«, meinte Mike. Dabei störte es ihn sehr.

Laura legte Bluse und Hose auf die Seite. In ihrem langen Top schlüpfte sie unter die Decke.

»Soll ich das Licht ausschalten?«, erbot er sich.

»Brauchst du nicht unbedingt.«

Er knipste seine Stehlampe an und löschte das grelle Licht der energiesparenden Röhren. Dann setzte er sich auf das Sofa und füllte sein Glas mit Cognac. Langsam leerte er es, schenkte nach. Einen scheuen Blick warf er in Richtung Bett. Laura schlief nicht. Sie beobachtete ihn unverwandt, während er trank. Irgendwann setzte sie sich auf. »Mike, warum schläfst du nicht?«

Seine Hände spielten mit dem Glas, schoben es hin und her, drehten es.

»Hör auf zu trinken. Warum schläfst du nicht?«

Er stand auf und setzte sich auf den Bettrand. Lauras Blick ruhte auf seinem Gesicht. »Ich kann nicht.«

»Hast du Alpträume?« Ohne Brille erinnerte sie ihn überhaupt nicht mehr an seine Lehrerin. Eher wirkte sie wie ein Kind mit dem rundlichen Gesicht, den weichen Zügen.

»Ja, genau. Ich habe Alpträume.« Er sah ihre weit geöffneten Augen. »Mach dir keine Sorgen. Ich lege mich gegen Morgen ein bisschen hin.«

»Aber das ist furchtbar!«

In dem Augenblick wusste Mike, dass er sie wirklich mochte. Sehr sogar. Status hin oder her.

»Kann man dir nicht helfen?«

Er wollte verneinen, da fiel ihm etwas ein. »Würdest du für mich singen?«

»Singen?« Laura schien perplex.

»Bitte.«

Sie drehte sich auf den Rücken, ihre Augen zur Decke gerichtet. »Lass mich mal überlegen...«

Dann sang Laura.

Mike verstand kein Wort. Er beherrschte lediglich Alltagsdeutsch und hatte mit Liedtexten große Schwierigkeiten. Doch Lauras Stimme klang voll, warm. Jeden Ton schien sie mit Leichtigkeit zu treffen, es sprudelte aus ihr hervor, als ob sie es nicht halten könne. Je länger sie sang, umso mehr strahlte ihr Gesicht. Das Lied war deutsch und ihm dennoch nicht fremd.

»Es ist wunderschön.« Sein Lob empfand er als ungenügend, aber ihm fiel kein passenderes Wort ein.

»Ich habe es selbst geschrieben. Jetzt bist du mit deinen Bildern nicht der einzige Künstler hier.« Laura lächelte.

»Du nimmst mich auf den Arm, oder?!«

»Ganz und gar nicht«, erwiderte sie belustigt

»Du bist ein besonderes Mädchen!«

»Danke, danke«, meinte sie leichthin. Dann wurde es still im Raum. Laura betrachtete ihn immer noch.

»Was ist mit deiner Familie, Mike?«, fragte sie.

Wie konnte man in vier Stunden dreimal nach demselben fragen? Sie wollte eine Antwort. Kein Zweifel.

Er schob eine Haarsträhne aus ihrem Gesicht und erwartete wieder ein Stirnrunzeln, doch es blieb aus.

»Schau, ich hatte vier Geschwister. Aber sie sind tot.«

Laura schien nicht sicher zu sein, ob sie ihn richtig verstand.

»Du meinst: tot?«

»Ja.«

»Wie lange schon?«

Er lächelte kurz. »Ich weiß nicht genau. Ich war damals ein Teenager.«

»Was ist passiert?«

»Sie wurden ermordet.«

Keine Regung in ihrem Gesicht; auch nicht, als sie weiterfragte: »Deine Eltern?«

»Die auch.«

»Und was war mit dir?«

Er fühlte wie sein Puls sich beschleunigte, ohne dass er es verhindern konnte. Aus diesem Grund redete er nicht gern darüber. »Ich habe zugeschaut.«

»Oh Gott«, flüsterte Laura.

»Es ist eine schwierige Geschichte.« Mike zitterte. »Ich bin dann weggerannt, und...«

»Hör auf!« Laura hielt sich die Ohren zu, zwei, drei Sekunden lang. »Hör auf! Schon gut, Mike. Schon gut.«

Sie presste ihre Lippen auf seine. Vielleicht, um ihn zu küssen, und vielleicht, um ihn vom Reden abzuhalten. Er wusste es nicht, und es war ihm auch egal.

Sein Körper zitterte immer noch. »Sie haben sie umgebracht«, flüsterte er heiser. »Sie haben alle umgebracht und ...«

»Ich bin doch da, Mike. Alles ist gut.« Ihre Hände streichelten seinen Kopf. Er vergrub das Gesicht zwischen ihren Brüsten, und sie ließ es zu. Streichelte ihn unentwegt und flüsterte, sie sei da. Hielt ihn in den Armen, als müsste er ertrinken, wenn sie losließ. Die Dunkelheit versank in ihr. Und er auch.

Das ist gestern gewesen. Heute stehen sie am Bahnhof und warten auf ihren Zug.

»Wirst du anrufen, wenn ich dir meine Nummer gebe?«

Laura schweigt. Sie scheint zu überlegen. »Nein«, erwidert sie schließlich. »Das werde ich nicht.«

»Was habe ich falsch gemacht?«

»Nichts!« Sie schüttelt den Kopf. »Das liegt nicht an dir.«

Aber es liegt an ihm, er ist sich sicher.

Wäre ich Student und nicht Asylbewerber, könnte ich Deutsch sprechen, sie würde mir eine Chance geben.

Der Zug fährt ein. Laura strafft ihre Schultern. Sie nimmt ihn noch einmal in die Arme. Das letzte Mal.

»Pass auf dich auf.« Er drückt sie an sich, ganz leicht. »Ich hoffe, wir sehen uns wieder.«

»Lebe wohl«, antwortet Laura. Dann geht sie. Auf einmal fühlt er sich ausgebrannt. Er ist wütend auf Deutschland, auf Nigeria, wütend auf Laura – und am meisten auf sich selbst.

Also geht er zurück in seine Wohnung, nimmt den Cognac aus den Schrank und füllt sein Glas. Mike ist geduldet, das war er gestern schon. Das Glas steht auf dem Tisch und Mike schließt seine Augen. Er denkt an Lauras Lied.

Miriam Malik

Zwischen den Zelten

Rami sitzt vor dem Zelt und wartet darauf, dass seine Schwester Rula wieder gesund wird. Was ihr fehlt, weiß er nicht so genau. Nur, dass es etwas Schlimmes sein muss.

Vor einiger Zeit hat seine Mutter ein paar Sachen in den Koffer gepackt und mit ihm und Rula Aleppo verlassen. Ein Spielzeugauto durfte er mitnehmen, sonst nichts. Was wohl mit all seinen anderen Autos passiert ist? Ob ein anderes Kind damit spielt? Die ganze Stadt soll zerstört sein, erzählen die Frauen. Die großen Häuser mit den hölzernen Balkonen und auch die Moschee soll es nicht mehr geben. Rami kann sich das nicht vorstellen.

Jetzt wohnt Rami mit der Mutter und Rula in einem kleinen weißen Zelt, zwischen vielen kleinen weißen Zelten, in einem Land, das Türkei heißt und doch nur zwei Stunden mit dem Auto entfernt ist. Die Fahrt nach Damaskus zu Tante Asma hat immer viel länger gedauert.

Das Leben ist ganz anders als früher. Die Schule ist in einem Container. Hier lernt er täglich zwei Stunden Lesen und Schreiben. Und den Koran. Es gibt viele Jungen in seinem Alter. Noch viel mehr als in seiner Straße. Oft spielen sie zusammen Fußball. Einen Ball haben sie nicht. Sie nehmen immer das, was gerade da ist. Meist eine leere Dose. Seine Schwester hat früher manchmal mitgespielt. Mutter hat geschimpft, dass sich das für ein Mädchen nicht schickt. Rula hat nur gelacht und ihm zugezwinkert. Jetzt lacht sie nicht mehr.

Nicht immer kann er draußen spielen. Wenn es regnet, sind die Wege überschwemmt, das Zelt und alle Kleider durchnässt. Im Winter hatte Rami deswegen einen gewaltigen Schnupfen. Jetzt, im Sommer, regnet es überhaupt nicht mehr. Manchmal ist es am Tag sogar zu heiß, um überhaupt irgendetwas zu tun. Dann wartet er sehnsüchtig auf den Abend. Da wird es ein wenig kühler.

Jeden Tag stellt sich die Mutter in einer langen Schlange an. Meist kommt sie ein paar Stunden später zurück – mit einem Kanister Wasser, etwas Reis, Brot, Kichererbsen, Tomaten. Doch immer öfter auch mit leeren Händen.

»Die Männer«, sagt sie und schüttelt den Kopf. »Die nehmen sich immer zuerst, was sie brauchen. Vielleicht ...« Sie verstummt. Doch Rami weiß, was sie meint: Vielleicht hätten wir bei Onkel Ahmed in der Stadt bleiben sollen. Trotz allem.

»Wenn ich groß bin, werde ich dir so viel Brot und Wasser bringen, wie du willst«, verspricht er ihr dann und die Mutter lächelt traurig. In den Nächten ist es besonders schlimm mit dem Hunger. Oft tut sein Bauch so weh, dass er weint. Dann steckt Rula ihm ein Stück Brot zu. Früher jedenfalls hat sie das getan.

Es passierte vor ein paar Wochen. Eine Frau sprach mit Mutter über das Heiraten. Sie trug einen langen, sauberen Mantel und ein strahlend weißes Kopftuch. Und sie brachte eine große Tüte mit Datteln. Mutter rief Rula herbei und ließ die fremde Frau in das Zelt. Rami musste draußen bleiben. Das gefiel ihm überhaupt nicht. Warum durfte er nicht dabei sein? Frauen sprachen andauernd über das Heiraten. Auch Rula. »Wenn ich groß bin, heirate ich Ahmed. Oder Aziz. Oder dich«, sagte sie oft und lachte dazu. Aber sie war ja noch nicht groß, sondern erst zwölf.

Rami lungerte zwischen den Zelten herum. Zu gerne hätte er von den Datteln genascht. Da begann Rula, herzerweichend zu weinen. Rami riss die Türplane weg, um sie zu trösten. Doch die Mutter schickte ihn mit heftigen Worten wieder hinaus. Dann schimpfte sie mit Rula. »Heute ist dein Glückstag! Also hör auf zu weinen. Denk an Rami.« Dann redete sie leise weiter, sodass er nichts mehr verstehen konnte.

Endlich traten die Fremde und Rula wieder nach draußen. Rula hatte ihr bestes Kleid an. Sie zog sich gerne schön an. Rami durfte sie dann nicht anfassen. »Du bist viel zu klebrig«, sagte sie immer zu ihm. Dabei strahlte ihr ganzes Gesicht. Doch nicht an diesem Tag. An diesem Tag weinte Rula. Die Fremde fasste Rulas Hand und zog sie mit sich fort.

Rami folgte den beiden zwischen den Zelten hindurch zum Tor. Dort stand ein Mann in einem grauen Anzug. Der Fremde drückte der Frau mit dem weißen Kopftuch Geldscheine in die Hand. Rula schluchzte laut auf.

»Rula!« Rami wollte zu ihr laufen, doch plötzlich war seine Mutter da und hielt ihn fest. Rula blickte traurig, winkte ihnen schwach zu. Der fremde Mann winkte ebenfalls und lächelte. Dann fasste er Rula am Arm, führte sie zu einem großen Geländewagen und ließ sie einsteigen. Rami gefiel der glänzende Wagen mit den spiegelnden Scheiben und er beneidete Rula darum, damit fahren zu dürfen. Er winkte, als das Auto die steinige Schotterpiste entlangfuhr und in einer großen Staubwolke verschwand.

Es wurde Abend und Rula kam nicht zurück.

»Sie kommt doch wieder?«, fragte Rami. Mutter gab ihm keine Antwort. An diesem Abend durfte er so viele Datteln essen, wie er nur in sich hineinstopfen konnte. Die ganze Nacht hatte er Bauchweh. Erst in den Morgenstunden schlief er ein.

»Ist Rula schon da?«, fragte er direkt nach dem Aufwachen. Mutter antwortete nicht. »Wann kommt sie wieder?« Immer wieder und wieder fragte er nach – bis sie sich plötzlich zu ihm umdrehte und auf ihn einprügelte. Rami schrie und riss sich los. Er lief vom Zelt fort, kauerte sich neben das Tor. Erst in der Nacht kehrte er zurück. Mutter wartete mit Hummus, Tomaten und Fladenbrot auf ihn. Doch das konnte ihn nicht trösten. Am nächsten Tag setzte er sich wieder neben das Tor. Die Soldaten waren nett, steckten ihm Süßigkeiten zu. Doch auch sie wussten nicht, wann Rula wiederkommen würde.

Einige Tage später war sie plötzlich da. Rami hätte sie fast nicht erkannt. Sie trug einen langen Mantel und ein Kopftuch – wie eine erwachsene Frau. In ihren Augen lag ein Ausdruck, den Rami nicht deuten konnte und der ihm Angst machte.

Mutter kam aus dem Zelt. Als sie Rula sah, blieb sie wie erstarrt stehen. Rula schleppte sich an ihr vorbei und legte sich auf das Klappbett.

Seitdem liegt sie dort mit dem Gesicht zur Wand.

Seitdem sitzt Rami vor dem Zelt und wartet.

Jennifer Knoch

JUAN UND DAS SCHWEIGEN

Die schwarzen Haare standen ihm in wirren Locken um den Kopf, kaum gebändigt durch den schäbigen Hut. Seine Haut war dunkler und seine Kleider abgenutzt.

Er war nicht wie sie. Feine Damen und Herren, niedliche Kinder mit blonden Zöpfen, Prinzessinnen in atemberaubenden Gewändern, Könige, Königinnen, Köche, Bedienstete, Helden.

Er war der Schurke.

Der Böse. Irgendjemand musste eben der Böse sein.

Keiner hatte gefragt, ob ihm diese Rolle gefiele. Man hatte ihn einfach in die schäbigen Kleider gesteckt, ihm den schwarzen Hut auf den Kopf gesetzt und die Waffen in seine Hände gedrückt.

Immer ließen sie ihn mit einem grimmigen Gesicht herumlaufen und hämisch lachen, wenn wieder einmal eine Prinzessin vor Schreck in Ohnmacht gefallen war.

Wie Juan wirklich war oder was er fühlte, das wollte niemand wissen.

Anfangs machte es ihm nichts aus, den Bösen zu spielen. Er verstand ja, dass funktionierende Geschichten nach jemandem in dieser Rolle verlangten.

Doch nachdem Juan immer und immer wieder den Schurken, Räuber, Wegelagerer, Einbrecher oder Teufel in Menschengestalt gespielt hatte, begannen die anderen, sich von ihm abzuwenden.

Wenn er zu ihnen trat, stockten alle Gespräche, und sobald er wieder ging, steckten sie die Köpfe zusammen, tuschelten und warfen ihm verstohlene Blicke hinterher.

Am härtesten traf es ihn, dass auch Liesel, die Gänsemagd in dem süßen, gepunkteten Kleid, nicht mehr mit ihm redete.

Das wollte er so nicht hinnehmen.

Heute spielte er den Räuber Hotzenplotz. Liesel nahm in diesem Stück keine Rolle ein. Juan erfüllte seine Pflicht und hatte Glück. Herr Ziehmann musste nach der Vorstellung zeitig gehen. Darum führte er den Kindern nicht mehr alle am Stück beteiligten Figuren, sondern nur noch den Kasperl und den Seppel vor.

Juan nutzte die Gelegenheit und passte Liesel ab.

»Liesel?«, flüsterte er.

Sie fuhr herum, die Hände auf ihr Herz gedrückt. Erst lächelte sie. Dann schwand es langsam aus ihrem Gesicht.

»Liesel!«, wiederholte er und umfasste ihre Hände.

»Juan!«, erwiderte sie, sah ihn aber nicht an, sondern starre auf ihre Hände, die in seinen beinahe verschwanden. Eine Träne tropfte auf seinen Handrücken.

»Was ist mit dir? Warum sprichst du nicht mehr mit mir?«

Sie öffnete den Mund, doch es kam nur ein Schluchzen heraus. Er versuchte, sie in seine Arme zu ziehen, doch sie drehte sich weg. »Weil du ... weil du immer ...«, brachte sie mühsam hervor.

»Weil ich immer der Böse bin? Der Räuber? Weil sie sagen, dass ich wirklich böse bin, ja?« Mit einem Gefühl der Enge in der Brust starrte er sie an. Sie blickte auf und nickte. Eine weitere Träne löste sich. Sanft hob Juan seine Hand ihrem Gesicht entgegen. Liesel zuckte zurück.

»Du hast Angst vor mir? Du?«, krächzte er. Das Entsetzen über seine eigenen Worte hinderte ihn am Weitersprechen.

Sie zögerte eine Spur zu lange, bevor sie den Kopf schüttelte. »Nein«, beteuerte sie mit fester Stimme.

Juan wollte es glauben, schöpfte Hoffnung, für einen kurzen Moment. Er könnte es schaffen, könnte einfach ein Anderer sein. Für sie könnte er alles sein. »Und wenn ich nicht der Böse wäre? Wenn ich etwas anderes mache?«, fragte er lächelnd.

Doch wieder schüttelte sie den Kopf. »Sieh dich doch an!«, wisperte sie. »Wie soll das gehen?«

Er erstarrte, als er die Worte der anderen aus ihrem Mund hörte, fühlte sich kalt. Seine Hände krampften sich kurz um ihre, dann ließ er los.

Traurig und ohne ein weiteres Wort ging er zu seinem Nagel und hängte sich zum Schlafen auf.

Die ganze Nacht fand er keine Ruhe. Immerzu dachte er an sie. Seine Liesel und ihre Angst – vor ihm. So wie bei den anderen auch, nur wollte sie es nicht zugeben.

Dagegen wollte, nein, musste er etwas tun. Ja. Er.

Juan beschloss, ihnen zu beweisen, dass er nicht der Böse war, für den ihn alle hielten. In der nächsten

Vorstellung würde er es ihnen zeigen und dem Zug der Fäden nicht mehr gehorchen, wenn nötig, wollte er sie sogar durchschneiden. Er entschied, seine Fäden in die eigene Hand zu nehmen.

Auch Liesel fand keine Ruhe. Juans entsetztes Gesicht stand ihr den ganzen Abend vor Augen. Nach und nach tröpfelte die Erkenntnis in ihren Kopf, sickerte tief in ihre Gedanken. Ihre Worte hatten die Hoffnung gelöscht und das Entsetzen hervortreten lassen. Von einer Woge der Scham überwältigt, fasste auch sie einen Entschluss.

Renate Ler

SCHMÄHSCHRIFT

ein umherirren
masse mensch
fahlgesichtig grau
durch die gosse gezogen
rempelt mich an
die tasche meines gegenübers
abstoßend abgestoßen
mit akten nebst butterbrot
kümmert vor sich hin
geruch von staubigem bleistift
sein funkeln in den augen:
abstand
die spitzen ellenbogen meines nachbarn
wenn er näher kommt
durchbohren sie mich

ich passe passte nicht hinein
nicht hinein in das land
nicht hinein in diese straßenbahn
sie brauchen hier wohl auch schubser
wie es sie in tokio schon gibt
ich nehm die spätere
wie gestern auch
der chef drohte
kameltreiber das hat folgen
dabei gibt es hier gar keine wüste
nicht in diesem – meinem land

Renate Ler

Von Aleppo nach Köln

Eins

Zitternd und außer Atem kauerte Ali auf dem rauen Lehmboden der halb verfallenen Hütte. Durch ein Loch in der Mauer blickte er auf die dunklen Wellenberge, die bedrohlich näherkamen. Das aufspritzende Wasser schlug an das Gemäuer. Dem Mobiliar nach zu schließen – ein Billardtisch mit drei Beinen und zerfetztem Filz sowie mehrere Hocker, die umgekippt waren oder mit einem Bein an den Wänden lehnten – handelte es sich um ein Teehaus, in dem Ali Zuflucht gesucht hatte. Da es Nacht war, hatte er kurz zuvor die Taschenlampe für ein paar Sekunden angeknipst, um sich Orientierung zu verschaffen. Eine Tür, die schief in den Angeln hing, schlug hin und her. An seinen Füßen huschte ein Tier vorbei. Der kalte Wind, den er in stark erhitztem Zustand noch als angenehm empfunden hatte, fuhr zwischen die Dachbalken und wirbelte Papier und Blätter durch die Luft. Jetzt schmerzten seine Ohren vor Kälte. Sein Herz klopfte so stark, dass er glaubte, die zwei Schlepper, die ihn seit Anbruch der Nacht verfolgten, müssten es hören. Schon wieder war er auf der Flucht, dieses Mal in einem Land, in dem er sich sicher geglaubt hatte. Sie machten Jagd auf ihn, nachdem er einen der beiden

Schlepper von einem jungen Mädchen heruntergezogen hatte. Der andere war dessen Kompagnon, der seinen Kollegen bei dem Geschlechtsakt angefeuert hatte. Dann hatte er auf Ali gezielt. Die Kugel war haarscharf an ihm vorbeigegangen und im Meer gelandet. Daraufhin pfiffen weitere Kugeln durch die Luft. Sie kamen aus einer Pistole, die nicht auf Ali, sondern auf die beiden Schlepper gerichtet war. Die drei anderen Bandenmitglieder hatten auf die beiden gefeuert, weil diese ihnen das Geschäft ruinierten. Sie hatten entkommen können und machten jetzt Jagd auf ihn.

Ali versuchte, sich eine Zigarette anzuzünden. Dabei hatte er Mühe, seine Hand ruhig zu halten. Da der Wind stark blies, ging das Feuer sofort wieder aus. Es war wohl auch besser so. Vielleicht wären die Schlepper durch den Rauchgeruch auf ihn aufmerksam geworden. Um sich vor der Kälte zu schützen, zog Ali den Kragen seiner Regenjacke bis über die Ohren. Plötzlich wurden die Wellen hell angestrahlt. Jemand schien nebenan, in dem Betongebäude mit der Stahlfassade, Licht gemacht zu haben. Das beunruhigte ihn. Es konnte bedeuten, dass sich die Schlepper in dem Haus aufhielten. Er musste sich jedenfalls still verhalten. Sein Herz schien noch lauter zu schlagen. Als er seinen Schlafsack vorsichtig aus der Reisetasche herauszog, fiel eine Postkarte auf den Boden: Es war die Karte, die ihm seine Tante während ihres Deutschlandbesuchs vor Jahren geschickt hatte. Er konnte zwar nichts erkennen, erinnerte sich aber an jedes Detail. An diesen geheimnisvollen Ort mit den grauen, filigranen Turmspitzen. Er schien von innen

heraus zu strahlen. Für Ali bedeutete er unermess-
liche Freiheit. Er spürte Sehnsucht. Sehnsucht nach
dieser Stadt. Seine Tante hatte ihm davon berichtet,
dem Ort, an dem das Leben brandete, wo es lachende Menschen gab, die sich in den Arm nahmen. Da
musste er hin. Er musste es schaffen. Er würde warten, bis das Licht ausging, und seinen Weg dann in
Richtung Anlegestelle fortsetzen, in der Hoffnung,
dass die Schlepper den beiden anderen das Handwerk
gelegt hatten.

Zwei

Es war ein dumpf süßlicher Geruch, nicht herb nach
Schweiß, wie in den übrigen Zimmern, sondern un-
definierbar. Er schien die Tagesdecke gleichermaßen
wie die Ecken des Raumes durchdrungen zu haben.
Ali hielt regelmäßig die Luft an, wenn er den Raum
mit den gehäkelten Deckchen, dem grob gezimmer-
ten Eichenbett und dem Bild im Goldrahmen mit Ma-
ria und dem Engel betrat. Am liebsten hätte er auf der
Stelle kehrtgemacht, aber das gestaltete sich schwie-
rig, er hätte seine Vermieterin anrempeln müssen, da
sie ihm den Weg versperrte. Ali hatte den Eindruck,
dass sie sich in den Türrahmen gestemmt hatte. So
blieb ihm nur die Flucht nach oben, was ebenso uner-
quicklich war. Ein winziges Oberlicht war die einzige
Frischluftquelle und er musste erst einmal auf das Bett
steigen, um die Luke mit einer Stange zu öffnen. Jedes
Mal gab die Matratze nach, sodass er bedenklich ins
Schwanken geriet. Hatte er aber gehofft, dass seine
Zimmerwirtin in der Zwischenzeit die Türschwelle

verlassen würde, täuschte er sich. Ein Durchkommen war unmöglich und sie grinste ihn breit an, eingehüllt von Zwiebeldunst und ihren Goldzahn zeigend.

Als er eines Tages früher nach Hause kam, hörte er ein Planschen in der Badewanne. Dazu ertönte ein kehliges Stöhnen. Ali machte sich so schnell wie möglich aus dem Staub, dabei wirbelte er in seinem Zimmer so viel davon auf, dass er die Luft anhalten musste. Er stutzte, denn sein Bett war abgezogen. Behutsam zog er den CD-Player, den er auf dem Flohmarkt erstanden hatte, aus dem Karton und schaltete ihn ein, was seine Vermieterin veranlasste, ihre Badeorgie möglichst schnell zu beenden, um Ali Gesellschaft zu leisten.

Sie hatte – wie so oft – Schmalzgebackenes mitgebracht. Schnaufend nötigte sie ihn zum Essen, indem sie ihren Daumen zu den Fingerspitzen und die Hand in dieser Stellung zum Mund führte und dabei, in pinkfarbener Kittelschürze, Schmatzgeräusche von sich gab. Dabei lösten sich vereinzelte Tropfen aus ihren grauen, nassen Haaren und perlten auf das graubeige Kopfkissen. Mit Hängen und Würgen, eigentlich war es mehr ein Würgen, versuchte Ali, das zähe Gebäck von seinen Zähnen zu entfernen, was ihm nur unter Anstrengung gelang. An diesem Tag verließ seine Zimmerwirtin verhältnismäßig schnell sein Zimmer, was ihn verwunderte.

Plötzlich hörte Ali erneut Planschen. Sie badete schon wieder? Hatte sie vergessen, dass sie dies bereits vor Kurzem getan hatte? Immerhin hatte sie ein

Alter erreicht, in dem dies nicht auszuschließen war.

Und neulich hatte er gerade noch in letzter Minute einen Küchenbrand verhindert, indem er den innen und außen schwarz verkrusteten Topf, den die Vermieterin vergessen hatte, von der glühenden Herdplatte gerissen hatte.

Für einen kurzen Moment spürte Ali Mitleid mit ihr. Als er aus dem Zimmer ging, um seinen Müll zu entsorgen, sah er die Vermieterin durch die halb geöffnete Badezimmertür. In einem Négligé, das ihre ausladende Oberweite besonders betonte, beugte sie sich über die Badewanne. Sie zog Alis Bettwäsche und Handtücher durch das Wasser, in dem rosafarbene Schlieren zu sehen waren. Ali fragte sich, wie das Wasser in die Badewanne gekommen war. Er hatte gar nicht gehört, dass Wasser aus dem Hahn lief. Konnte es sein, dass die Vermieterin die Wäsche in ihrem Badewasser wusch? Plötzlich überkam Ali der Drang, die Vermieterin ins Wasser zu schubsen. Gab es da nicht ein deutsches Märchen, in dem das Mädchen die Hexe ...

Was hatte er nur für Gedanken. Es war höchste Zeit, diesen Ort zu verlassen. Leichte Übelkeit hatte ihn befallen. Er dachte nur noch daran, so schnell wie möglich nach draußen zu gelangen. Er würde seinen Bruder und dessen Frau besuchen und dort den Nachmittag über bleiben. Der Weg führte am Dom vorbei. Sein Anblick und die Aussicht auf einen angenehmen Nachmittag würden Ali etwas entschädigen.

Drei

Auf dem Nachhauseweg war Ali guter Laune. Seine Schwägerin hatte Yabrak, sein Lieblingsessen, gekocht und sie hatten Karten gespielt. Er hatte sie immer ein bisschen aufgezogen, weil sie das Spiel noch nicht ganz beherrschte, und sie hatten viel gelacht. Da er von den Eindrücken noch etwas befangen war, fiel ihm zunächst nicht auf, dass der Verkehr um ihn herum toste. Als die Polizei mit Blaulicht immer wieder an ihm vorbeifuhr, wurde er aufmerksam. Ob die jemanden suchten? Er hörte ein Hin- und Hergebrause von Pkws und aufheulenden Motoren. Dabei war es Nacht und die Gegend, durch die er kam, war sonst um diese Zeit ziemlich ruhig.

Plötzlich schlug ihm beißender Geruch entgegen. Eine böse Vorahnung beschlich ihn. Er kannte diesen Geruch. Als er um die Ecke bog, sah er an einer weißen Hauswand blaues Licht flackern und hörte einen Motor brummen. Rauchschwaden ließen seine Augen tränen. Seine Schritte wurden langsamer. Ali spürte sein Herz klopfen, kalter Schweiß trat ihm auf die Stirn und der Kloß in seiner Kehle, den er in letzter Zeit immer wieder gespürt hatte, machte sich bemerkbar. Ali sah das Siedlungshaus, in dem er wohnte. Allzu viel war davon nicht mehr übrig. Ein Teil des Dachstuhls war eingebrochen, der andere Teil wurde von hochschlagenden Flammen umzüngelt. Feuerwehrmänner, die sich durch Rufe verständigten, versuchten den Brand einzudämmen. Der Gedanke an seine Vermieterin schoss Ali durch den Kopf. Er begann zu laufen. Als er sich bereits in der

Nähe des Hauses befand, stellte sich ihm ein Polizist in den Weg.

»Ich muss zu Frau Meier, meiner Vermieterin, ich muss sie rausholen.«

Am liebsten hätte Ali noch gerufen, er solle ihm aus dem Weg gehen, konnte sich aber im letzten Augenblick zurückhalten.

»Sie bleiben jetzt mal schön hier und zeigen mir Ihren Ausweis.«

»Meinen Ausweis? Jetzt?«

Ali blieb nichts anderes übrig, als in seinen Taschen nach dem Ausweis zu suchen. Aber er fand ihn nicht.

»Sie haben keinen Ausweis? Dann kann ich Ihnen nicht helfen. Dann muss ich Sie mit aufs Präsidium nehmen.« Mit diesen Worten packte der Polizist Ali am Arm und führte ihn in Richtung Polizeiwagen. Ali blickte zum Haus zurück.

Frank Jeschke

BRENNENDES HAUS

Rainer Buck

PACK

Okay, jetzt gehöre ich also zum Pack. Kleine Sünden
bestraft der Herrgott sofort, heißt es in einem Sprich-
wort. Die Frage ist jetzt, ob es nur eine kleine Sün-
de war, dass ich da mitgelaufen bin. Zumindest habe
ich die Quittung dafür bekommen. Ich ganz groß im
Netz. Nicht in der ersten Reihe, aber gleich dahinter.
Eigentlich guck ich nur etwas treudoof, während um
mich herum ein paar ziemlich fiese Fratzen zu sehen
sind. Dazu noch ein paar Spruchbänder gegen Ausländer und ein paar deutsche Fahnen. Ich, wie gesagt,
mittendrin.

Ich heiße Mandy und komme aus Heidenau in Sach-
sen, habe leider meine Lehre als Friseurin nach einem
Jahr geschmissen und bin seit zwei Jahren arbeitslos.
Vielleicht stimmt das gar nicht, und ich heiße Juliane,
stamme zwar aus Heidenau, wohne aber eigentlich in
Jena, wo ich studiere. Jedenfalls war ich zur falschen
Zeit am falschen Ort. Rechtsradikal bin ich garantiert nicht. Ich bin ein oder zweimal in meinem Leben
wählen gegangen. Da habe ich die Grünen gewählt,
weil ich Angst um unsere Umwelt habe und für einen
besseren Tierschutz bin. Mir ist es als Mutter nicht
egal, wie es meinem Kind mal in der Zukunft gehen
wird. Ich bin eher unpolitisch, weil ich kein Vertrauen in die Politiker habe. In der Hinsicht gebe ich

meinem Freund Björn recht, auch wenn ich es nicht gut finde, wenn er Hasstiraden von sich gibt oder die CDU als Judenpartei bezeichnet. Da erkenne ich ihn eigentlich gar nicht wieder, denn wenn er mal das Politische vergisst, ist er eigentlich ein ganz Lieber, mag wie ich Tiere und ist auch wie ein Ersatzpapa für meine kleine Süße.

Björn ist auch auf diesem Bild zu sehen, das durchs Netz ging. Er brüllt irgendwas, hat den Arm gereckt und die Faust geballt. So wie er da aussieht, mag ich ihn nicht und fürchte mich auch ein bisschen vor ihm, denn ich weiß, dass einige seiner Kumpels wirklich hart drauf sind. Björn gilt als das Weichei, und ich hoffe nur, er wird nie versuchen, seine sogenannten Freunde vom Gegenteil zu überzeugen.

Nach der Sache von neulich habe ich meinen Mut zusammengenommen und Björn ein Ultimatum gestellt. Entweder diese Freunde und deren politisches Ding oder ich. Entweder er lässt diese blöden rassistischen Sprüche oder ich ziehe mich zurück. Die Demonstranten in unserer Stadt mögen mit einigen ihrer Anliegen durchaus recht haben. Es geht ja nun wirklich nicht, dass wir hier immer mehr Leute, die gar keine echten Flüchtlinge sind, mit Steuergeldern unterstützen, während alte Leute nicht mehr mit der Rente über die Runden kommen. Dass Menschen vor Krieg flüchten, ist etwas anderes. Denen soll geholfen werden. Das muss auch Björn zugeben, obwohl er meint, denen müssten eigentlich die Amis oder die Juden helfen, denn die seien am Krieg in Syrien schuld.

Hier in Heidenau, das seien aber alles Wirtschaftsflüchtlinge aus Afrika und vom Balkan, und selbst unter den Syrern sei noch ein großer Teil womöglich getarnte Islamisten, die hier Anschläge vorbereiteten. Ich bin also tatsächlich einmal mit zu dieser Demo gegangen. Wollte mir das selbst einmal ansehen. Wäre ich jetzt nicht auf diesem blöden Foto verewigt, das laut Überschrift die Schande für Deutschland zeigt, das versammelte Pack von Leuten ohne Bildung, die nie in ihrem Leben etwas geleistet haben, dann würde ich sogar sagen, es war gut, dass ich mal mitgegangen bin.

Was bei mir nämlich an jenem Tag hängen geblieben ist, war die Angst in den Augen der Menschen, die da von unseren Leuten beschimpft, bedroht und beleidigt worden sind. Besonders ist es mir bei zwei kleinen Kindern aufgefallen. Wohl ein Geschwisterpaar, die Kleinere kaum älter als meine Süße. Da hab ich mir gedacht: Egal, ob die jetzt vom Balkan kommen oder aus Syrien. Das sind Kinder. Das sind Menschen. Und ich konnte mich auch in die Mütter reinversetzen und habe mir vorgestellt, ich würde auf der anderen Seite des Zaunes stehen und meine Kleine bekäme diese Szenen mit. Und ich habe mir vorgestellt, wie das ist, wenn da wirklich Menschen dabei sind, die vor dem Krieg geflohen sind. Wie das sein muss, wenn sie jetzt sehen, dass sie von bewaffneten Polizisten geschützt werden müssen.

Ich werde garantiert nicht wieder bei so einer Demonstration dabei sein. Wenn schon, dann müssten wir vielleicht in Berlin vor den Regierungspalästen demonstrieren, damit die Politiker dafür sorgen, dass wir nicht von den Fremden überflutet werden oder nur die echten Asylanten hierbleiben dürfen und natürlich die Ausländer, die ehrlich arbeiten. Meinetwegen kann man ja dann noch bei allen Deutschen massiv dafür werben, die AFD oder in Bayern die CSU zu wählen. Vielleicht wäre das ein Schritt zur Lösung des Problems, ohne gleich die Demokratie abzuschaffen.

Aber ich will jetzt gar nicht politisch werden, denn davon habe ich nicht viel Ahnung. Okay, ich merke, ich verzettle mich. Ich bin keine Studentin aus Jena, das machen diese Zeilen vermutlich jedem klar. Allerdings bin ich auch keine, die zu doof für eine Berufsausbildung war.

Das Foto, das da durch die Webseiten wandert, geht mir nach. Björn hat es mir zuerst gezeigt. Gerade als ich dachte, er könnte meine Haltung eigentlich ganz gut verstehen, hat er mir das Foto und die Kommentare gezeigt und mich gefragt, wie es mir denn damit gehe, dass man uns alle als stumpfsinnige Nazis bezeichnet oder sich in Facebook lustig über uns macht, weil wir angeblich zu doof für die Rechtschreibung seien. Und dass man uns als arbeitsscheue Ossis bezeichne, die selbst nur Schmarotzer seien und so weiter.

Ich rege mich auch über die reichen Schauspieler auf, die uns (und ich bin nun mal auch auf diesem Bild und fühle mich irgendwie mit angesprochen) als Abschaum und Scheiße bezeichnen. Ich meine, es ist ja tatsächlich scheiße, wenn Leute mit Steinen beworfen werden, die schuften, damit die Kinder in den Lagern etwas zu essen bekommen oder medizinisch versorgt werden, aber viele, die sich jetzt so groß als Menschenfreunde aufspielen, sind weit weg von allem, kennen weder die Flüchtlingslager noch die Sorgen der Leute aus Heidenau. Die Schlimmsten bei den Demos kommen übrigens von überallher, bloß nicht aus Heidenau.

Ich bin froh, dass mich ein ehemaliger Lehrer ansprach, weil er mich auf dem Foto erkannt hatte. Er fragte mich, warum ich gegen Ausländer sei. So konnte ich mit ihm reden und ihm klarmachen, dass ich eher irgendwie dazwischen sei und trotzdem für Menschlichkeit bin. Wir haben uns dann ganz vernünftig unterhalten können, obwohl ihn Björn als linken Spinner bezeichnen würde. Man müsste vielleicht öfter miteinander reden.

Das war's. Wer in meinem Text Fehler findet, darf sie behalten.

II Das Damals und Heute

T. Arens

Erinnerungen

Ich erinnere mich an einen weißen Laster, der die Einfahrt hochfährt. So wie er es immer tut. Einmal im Monat, vielleicht auch zweimal. Ich weiß es nicht genau. Mein Vater sitzt am Steuer, winkt meiner Mutter zu. Sie lächelt, glücklich, die Hand auf dem kugelrunden Bauch.

Ich erinnere mich an die neidischen Gesichter, an die Worte hinter vorgehaltener Hand. »Sie nehmen sich mehr, als sie uns geben.«

Wir packen aus. Spielzeug, Buntstifte, Schokolade. Und einen Haufen Kleidung. Alles für die anderen. Ich darf nur selten etwas behalten. Eine Puppe, einen Ball, ein Stofftier. Manchmal kommen Kinder zum Spielen. Sie werfen neidvolle Blicke auf meine Sammlung.

Ich erinnere mich, Mutter ruft zum Mittagessen. Es gibt Tee, weißes Brot und Marmelade. Wie gestern und vorgestern und vorvorgestern. Aber ich klage nicht. Von jedem Essen bekomme ich Bauchschmerzen. Die Ärzte sagen, ich stelle mich an.

Ich erinnere mich an meinen Stand auf den Markt. »Billige Importware!«, schreie ich. Vater bringt sie aus Polen. Ich war dort schon oft. Aber seit Mutter schwanger ist, fahren wir nicht mehr mit.

»Billige Importware.« Eine alte Frau kauft Salz, Kräuter und Streichhölzer. Alles, was in den staatlichen Einkaufszentren selten zu kriegen ist. Ich zähle die Münzen. Sie gibt mir eine zu viel.

Ich erinnere mich an ein Kind. Es weint, als es mir vor dem Nachhausegehen meinen Lieblingsbären zurückgeben muss. Wir stehen im Flur. Seine Eltern, meine Eltern. Und es weint, egal, was die Eltern sagen. Ohne nachzudenken gebe ich ihm den Bären. Lächle. Es quiekt vor Glück.

Später weine ich. Vermutlich werden die Eltern das Kind für diesen Auftritt schlagen. Aber das kann den Bären nicht ersetzen.

Ich erinnere mich an eine alte, rostige Wanne. Um sie herum stehen Käfige mit Wachteln. Wir verkaufen ihre Eier. Aber die kann sich niemand mehr leisten. Mein Vater schärft das Messer, lässt es auf die winzigen Köpfe niedersausen. In der Wanne sammelt sich Blut.

Auf dem Herd brutzeln die kleinen Körper. Heute wird es Fleisch geben.

Ich erinnere mich, ich bin bei den Hühnern. Wie jeden Tag miste ich das Gehege aus und belege den Boden mit frischem Gras. Dann sammle ich Regenwürmer und Schnecken und Landasseln in einem Topf. Ich gebe Blätter und Weizen dazu. Mit einem Holzlöffel rühre ich um, bis daraus ein Brei entsteht. Den gebe ich den Hühnern. Sie lieben ihn. In der Nähe jätet meine Mutter Unkraut. Mein Bruder schreit sich den Kopf rot. Er will wieder essen. Vater rennt auf uns zu.

»Wir haben sie«, schreit er. Meine Mutter strahlt.

»Was?«, frage ich.

»Die Papiere.«

»Was für Papiere?«

»Für die Reise nach Deutschland.«

Ich breche in Tränen aus. Ich verstecke mich. Wenn sie mich nicht finden, muss ich nicht mit.

Ich erinnere mich an ein Gespräch. Mutter und Lehrerin stehen beieinander. »Sie wird die Sprache doch eh wieder vergessen«, sagt die Lehrerin. »Überlassen Sie ihren Platz doch lieber einem anderen Schüler.« Meine Mutter gibt nicht nach. Ich muss weiter in die Vorschule, obwohl ich schon längst Bücher für ältere Kinder lese. Jeden Tag ein Kapitel. Solange ich es nicht gelesen habe, darf ich nicht mit meiner Freundin spielen. Es ist eine Schande, wenn ein Kind in die erste Klasse kommt und nicht lesen kann. Die Eltern haben dann versagt.

Ich erinnere mich an einen langen, braunen Tisch. Ein Mann sitzt dahinter. Er zeigt meinen Eltern ein Buch voller Wörter in einer anderen Sprache. Er liest sie vor und meine Eltern sprechen ihm nach. Es klingt fremd.

Wir gehen nicht wieder zu ihm. »Es ist zu teuer«, erklären mir meine Eltern.

Ich erinnere mich an die Verkäuferin im Kiosk. Sie verkauft mir immer Eis. Heute ist es eine gekühlte Cola für die Reise.

»Viel Glück«, sagt die Frau mir zum Abschied. Kein bisschen Neid liegt in ihrer Stimme. Ich nicke und präge mir alles ein. Die vergilbten Kastanienblätter, die staubige, löchrige Straße, die rostigen, stets überfüllten Busse. Das werde ich nie wiedersehen, sage ich mir. Und gehe los.

Ich erinnere mich an das winzige Zimmer. Die Böden sind mit grauem, hartem Teppich belegt. An vielen Stellen weist er große Flecken auf. Meine Eltern schlafen im Doppelbett. Ich über meinem Bruder im Stockbett. Mein Vater schnarcht. Mein Bruder weint. Ich höre die Nachbarn durch die dünnen Wände. Der Wind pfeift. Ich will wieder zurück, dorthin, wo ich mein eigenes Zimmer hatte, dorthin, wo ich alle verstand.

Ich erinnere mich an das Einkaufszentrum. Die Türen gehen von allein auseinander. Es gibt keine Theken, hinter denen die Verkäuferinnen stehen. In den Regalen liegen Nahrungsmittel. Man kann alles nehmen. Aber meine Eltern tun es fast nie. Sie rechnen. Für dieses Brot hätten sie drüben zehn Brote kaufen können. Und für diese Gurke drei.

Ich erinnere mich an den ersten Schultag. Es ist ganz anders, als ich es von zu Hause kenne. Die Kinder tragen keine Uniform, es gibt kein Schulorchester. Es gibt keine große Rede, nur ein paar Worte, denen keiner zuhört. Manche Kinder haben eine dunkle Hautfarbe oder enge Augen. Ich kenne so etwas nur aus Filmen.

Ich erinnere mich, Mutter weint. Auf dem Schoß ein Handy, seit Tagen keine neue Nachricht. »Sie sind neidisch«, erklärt Vater und meint ihre Freunde. Ich verstehe nicht, worauf.

Ich erinnere mich, wir warten auf den Lift. Ich habe Angst vor ihm. Einmal bin ich stecken geblieben. Drei Stunden lang mit fremden Menschen. Irgendwann habe ich keine Luft mehr bekommen. Aber Mutter erlaubt mir nicht, nach oben ins achte Stockwerk zu laufen, hält meine Hand. Die Schachttüren gleiten auseinander. Zwei Polizisten kommen heraus, sehen mich an und fragen meine Mutter nach ihrem Namen. Sie schicke die Schule, teilen sie mit. Ich werde vermisst.

»Sie hat Bauchschmerzen«, sagt meine Mutter. Die Ärztin sagt, ich stelle mich an.

»Dann müssen Sie anrufen und Bescheid sagen«, erklären die Polizisten. Und im Weggehen zueinander: »Immer dasselbe mit dieser Ausländerschule.«

Ich erinnere mich, meine Mutter schimpft mit mir. Sie wird mich gleich schlagen. Ich sehe es in ihren Augen. Die Schule hat angerufen. Die Lehrerin will meine Mutter sehen. Es ist eine Schande.

Ich erinnere mich an das Gespräch. Die Lehrerin wolle mich nicht mehr in der Schule sehen, sagt die Übersetzerin. Meine Mutter ist verzweifelt.

»Wo soll das Kind dann zur Schule gehen?« Die Lehrerin schreibt eine Adresse auf. Es ist eine Schule in einem reichen Viertel. Ausländer sind dort so selten wie an meiner alten Schule die Deutschen.

Ich erinnere mich an eine Ruine. Meine Mutter schiebt den Kinderwagen. Mein Bruder hat Hamsterbacken. Drüben hätte er eingefallene Wangen. An einer Wand hängt ein roter Stoff. In einem weißen Kreis ist ein schwarzes Kreuz gemalt.

»Was ist das?«, fragt mein Bruder.

»Früher war das die Flagge von Deutschland«, sagt mein Vater.

»Warum hängt sie dann noch hier?«, frage ich.

Christine Heine

STELL DIR VOR,

Anfang der 90er sagte dir der Dorfmetzger
er habe keine Paprikaschoten.
Er zeigte dir stolz sein Deutsch-Englisch-Wörterbuch,
das er unter der Theke liegen hätte.
»Für die Leute hier sind Paprikas exotisch«,
würde er sagen.
Du würdest ›fluffy white stuff‹ essen –
so würde der Fahrer es nennen, der es auslieferte –,
das getoastet werden muss,
um ihm die Illusion von Substanz zu geben;
und Soda Bread, das zerkrümeln würde,
wenn du Butter darauf schmieren wolltest,
bei Versuchen, es mit Schinken zu belegen
oder mit rosa Luncheon Roll, grauem Truthahnfleisch,
orangerotem Cheddar und lila Cornedbeef, zerkrümeln
unter Nutella – die Mädchen der Nachbarn wären erfreut,
wenn du sie damit bekannt machen würdest.
Und äßen es danach aus dem Glas.
Das Fleisch fürs Abendessen wäre gut.
Wenn du es kauftest, würde dir der Metzger
gestreifte Plastiktüten mit Knochen
und Fleischabfällen für die Hunde füllen.
Du würdest nicht sicher sein,
ob das umsonst wäre.

In den späten 90ern würden Brötchen à la
French Cuisine in Shops auftauchen.
Endlich etwas zum Kauen.
Und einige Zeit später auch Paprikaschoten,
›Polish type‹ Brot, schließlich
neue Häuser und Siedlungen,
litauische Arbeiter und Läden.
Aber zunächst
– kurz nach der Jahrtausendwende –
würdest du nicht verstehen,
warum in der Frontlinie
einer Gruppe von Leuten in deinem Hof
der Metzger versuchte,
deine Hunde aggressiv zu machen,
indem er seinen Schirm
vor ihrer Nase auf den Boden haute.
Ein Polizist, der dabei stünde,
würde sich nicht darum kümmern.
Und stell dir auch vor, der Plan ginge nicht auf,
die Hunde würden sich lediglich fragen,
was für ein seltsames Spiel das sei.

Christine Heine

FOR L

»Du bist unkompliziert«,
sagt du am Telefon.
Es ist ein Lob. Wir hatten uns
zum ersten Mal getroffen.
Ich war ja auch im Urlaub,
denke ich beschämt. Da ist man nicht
so kompliziert. Und trotzdem
wundert's mich.
Erfrischend unbekümmert sprichst du
von Schwarzen und Weissen
und African people,
und wie sie anders sind. Nicht
»pünktlich wie die Maurer«,
sagst du auf Schwäbisch,
und kochst uns Tee in Milch.

Und kochst uns Tee in Milch.
Mir schmeckt er so wie Lebkuchen.
Wie gleich wir sind,
die Weisse und die Schwarze
mit den eingeflochtenen Haaren.
Political correctness
braucht es nicht. Trotzdem
wundere ich mich:
Unkompliziert

sah ich mich bisher nicht, denk ich beschämt.
(Ich war ja auch im Urlaub.)
Wir hatten uns zum ersten Mal getroffen.
Darf ich denn von dir denken, wie ich's ich fühle:
du bist unkompliziert.

Vera Rick

Du kannst ja mal die Ahmeds fragen

»Jetzt nerv nicht, Oma, ich studier Maschinenbau, wenn ich fertig bin. Mehr geht nicht. Hör auf, dir Sorgen zu machen.«

Ich zupfte an meinem Hemd und hoffte, entschlossen zu klingen. Die Oma wiegte den Kopf hin und her. »Man macht sich halt Sorgen, es ist ja nicht mehr einfach für euch junge Leute.«

»Kannst ja mal die Ahmeds fragen, warum das so ist.«

»Ach Kind.« Die Stimme der Oma wurde leiser, sie drehte den Wasserhahn auf, spülte eine Tasse und stellte sie vor mich hin. Sie goss Kaffee hinein, wischte einmal über den Tisch und stellte die Kanne zurück auf die Warmhalteplatte.

Die Uhr an der Wand tickte. Neun Uhr morgens. Eine weiße Uhr mit schwarzen Zeigern, unter denen sich eine dicke, rote Katze rekelte. Als kleiner Junge hatte ich das Vieh geliebt.

»Ist das dieselbe Uhr wie früher, Oma? Oder eine neue?«

»Dieselbe.«

Ja, dachte ich, dieselbe Uhr. Wie beim letzten Besuch. Und wie bei dem davor. Die Gesten, die Fragen, sogar das Wischtuch, alles gleich. Nur dass es beim letzten

Mal das Sitzenbleiben gewesen war, um das die Oma sich gesorgt hatte.

Ich war nicht oft hier, seit meine Eltern sich getrennt hatten. Meine Mutter telefonierte manchmal mit ihnen, ich auch, das war's. Die Großeltern wohnten in einem kleinen Kaff in der Nähe von Kastellaun im Hunsrück. Und mal ehrlich, wer will schon nach Kastellaun, wenn er Berlin hat. Nichts los hier. Noch nicht einmal ein Bus fuhr. Aber Flüchtlinge gab's natürlich. Wie überall jetzt. Ahmeds nannte ich die. Aber das war die geschönte Fassung. Osamas war zutreffender für das Pack.

»Schläft der Opa noch?«

Gerade, als die Oma antworten wollte, öffnete sich die Tür. Ich sah den Opa das erste Mal seit Langem. Gestern Abend, als ich endlich angekommen war, hatte er schon geschlafen. Ich freute mich auf ihn, wollte ihn unbedingt wiedersehen, vielleicht war es das letzte Mal, denn der Opa war sehr krank.

Er setzte sich mir gegenüber an den Tisch und sah mich an.

»Groß bist du geworden«, sagte er.

»Du auch«, sagte ich und versuchte, nicht auf seine schmalen Schultern zu starren. Dann war ich still, denn der Opa war so grau. Nase, Lippen, alles grau. Sogar die Ohrläppchen. Als er aufstand und sich neben mich setzte, bewegte er sich so vorsichtig, als hätte er Knochen, die zerplatzen könnten, wenn er irgendwo anstieß.

Es war still in der Küche. Nur das Werkeln der Oma hörte man und das Gluckern der Kaffeemaschine.

Wahrscheinlich brodelte die gerade den Kaffee zu einem sauren Brei zusammen.

»Weißt du noch, Opa«, fing ich an, um die Ruhe in der Küche zu unterbrechen. »Der Apfelbaum?«

Der Opa lächelte. Aber das Lächeln erreichte seine Augen nicht. »Ja, der Apfelbaum.«

Der Opa hatte mir ein Baumhaus gebaut, als ich das letzte Mal hier gewesen war. In einem riesigen, alten Apfelbaum. War ich da zwölf? Als er fertig war, saßen wir oben, ließen die Beine baumeln und tranken Apfelsaft mit einem Schluck Apfelwein. Und dann hielten wir uns jeder an einem Ast fest und hängten uns raus, weg von dem Baum, wie beim U-Bahn-Surfen. Auch der Opa. Der war da bestimmt schon siebzig, ein echt cooler, alter Sack. Und weil wir so rumschrien und die Äste rauschen ließen, bis man im Magen so ein Gefühl bekam, als müsste man aufs Klo, da rutschte die Strickleiter runter und wir saßen fest. Im Baumhaus. Erst lachten wir, der Opa und ich, und deuteten auf die Strickleiter, die unten im Gras lag wie eine fette Blindschleiche. Und dann schimpften wir und lachten noch mehr, weil die Oma mit der Leiter kommen musste. »Wer ist jetzt hier das Kind«, sagte sie und sprach das Wort Kind vor lauter Entrüstung so durch die Nase, dass es wie Kiehiend klang. Da lachten wir erst recht, und als wir endlich beim Abendbrot saßen, lachten wir immer noch oder schon wieder und hörten nicht mehr auf, auch dann nicht, als die Oma sagte: »Schluss, ihr Kiehiender.«

Ich musste es laut ausgesprochen haben, denn als ich Opas Blick auf mir spürte und aufsah, kicherte er ganz gurgelig und verquollen. Ich fröstelte, denn das

Lachen erinnerte mich an die Geräusche der Kaffeemaschine. Aber er lachte, der Opa, nur darauf kam es
an. In dem Moment hatte ich ihn voll lieb, den alten
Sack. Und ich war froh, dass ich zu ihm gefahren war.

»Pass auf dich auf, Junge«, sagte die Oma, mitten hinein in das Lachen, während sie dem Opa Kaffee aus
einer anderen Kanne eingoss. Wahrscheinlich Mu-
ckefuck wegen seinem Herzen. »Berlin wird immer
größer und lauter. Und die Hälfte der Leute hat keine
Anstellung. Auch Studierte werden arbeitslos.«

»Ja, Oma«, sagte ich, »so ist das heute.«

»Du musst ordentlich lernen.«

»Tu ich doch«, sagte ich. »Zur Not kann ich ja als
Ahmed gehen und bisschen auf die Tränendrüse drücken, vielleicht krieg ich dann einen Job.«

»Ach Kind«, sagte die Oma. »Was soll das immer mit
den Ahmeds. Sind doch auch nur Menschen. Die Politiker machen das schon richtig, dass die denen helfen.«

»Ja, Terroristen ins Land holen. Das versteckt sich
hinter den Ahmeds. Ich hab nichts gegen echte Ver-
folgte, aber das sind jetzt einfach zu viele. Ich fühle mich ja selbst schon verfolgt. Die werden immer
mehr und immer mehr. Wie eine Flut ist das, die da
über Deutschland hereinbricht. Und alle sahnen ab.«

»Die Mama hat erzählt, du hast eine Anzeige ge-
kriegt.«

»Ach das.« Ich winkte ab.

»Wofür denn?«

»Nichts. Nur bisschen gesprayt.«

»Wie, nur bisschen gesprayt?«

»Ach. Meine Fresse, erst paar Bilder. Dann einen Spruch. Halt gegen Pack.«

Der Opa hob den Kopf. Die Oma holte den Wischlappen und wischte schon wieder den Tisch ab. »Was für einen Spruch?«, fragte sie. »Ich will es wissen.«

»Na gut«, sagte ich und setzte mich aufrecht hin. »Politiker auf dem Sofa hocken, während die Ahmeds fett abzocken.«

»Ach Kind.« Die Hände der Oma scharrten über die Tischplatte, als wollte sie das Holz abschaben.

»Keine Angst, Oma, ich mach das ja nicht mehr. War übertrieben. Aber recht hab ich trotzdem. Die lassen einfach viel zu viele von denen rein. Da kommt ja ganz Afrika. Und wir müssen dann Hartz IV beantragen. Trotz Studium.«

Der Opa stand auf, schenkte sich noch einen Schluck Kaffee ein. Aber nicht den aus der Muckefuckkanne.

»Ernst«, sagte die Oma, »du sollst doch nicht von dem richtigen Kaffee trinken.«

»Lass man«, sagte der Opa, »das bisschen macht nichts.« Er setzte sich hin, ganz schwer, nahm einen Schluck und verzog das Gesicht. »Wie Arsch und Friedrich schmeckt das«, sagte er. »Immer gleich. Immer ein bisschen verbrannt. Und so sauer, dass man es nicht verträgt.« Er stellte die Tasse ab. »Arsch und Friedrich«, wiederholte er. Dann hob er den Zeigefinger und fing an zu rezitieren. Als stünde er vor einem Publikum. Bei jedem Reim schwang er den Finger wie einen kleinen Taktstock, der ihm half, die Worte aus dem Gedächtnis zu dirigieren.

Die Stadt, die kümmert nicht unsere Not.
Die Flüchtlinge fressen das letzte Brot,
sie fressen sich rund, sie fressen sich fett,
einer liegt gar in meinem Bett.
Ich hoff, jemand macht endlich zu den Sack
und jagt es heim, das Flüchtlingspack.

Dann schwieg er und sah mich an.

»Alter, was'n das für ein cooler Spruch, bisschen opamäßig, aber du bist ja auch ein Opa, das passt. Flüchtlingspack. Echt cool. Ich wusste ja gar nicht, dass du auch was gegen die Ahmeds hast. Na ja, gehört bisschen verbessert alles, aber cool, so ein Opa-Rap.« Ich hob die Hand, damit der Opa einschlagen konnte, aber er starrte mich an, als stünde etwas hinter mir. Aus Verlegenheit schlug ich flach auf den Tisch. »Alter, du bist schon eine coole Sau.«

Die Oma hielt mit dem Wischen inne. „Kind, so kannst du doch nicht mit deinem Opa reden."

»Lass nur«, sagte der, und zu mir sagte er: »Ist nicht von mir, der Spruch. Ich hab ihn nur immer gehört. Die Kinder haben ihn gesungen. Als Abzählreim. Wen das Wort Flüchtlingspack traf, der musste ausscheiden. Aber ich war nicht beim Spielen dabei. Ich war nämlich einer von dem Pack. Damals, 1946. Pack durfte nicht mitspielen. Auch die Oma hätte nicht gedurft. Polackenpack. Ja, so nannte man uns Ahmeds aus Ostpreußen damals. Polackenpack.« Der Opa schwieg und blickte auf den Tisch. Dann begann er zu lachen, erst leise, dann immer lauter. »Junge«, lachte er und es klang wie vorhin, als wir an das Baumhaus und die Kiehiender gedacht hatten, genauso gurgelig und verschleimt. »Wenn du dich schneidest, dann kommt da echtes Polackenblut raus. Oder Ahmedblut, wenn du willst. Blut von Pack eben.«

Sein Mund verzog sich zu einer Grimasse, als schmerzte ihn das Lachen tief in der Brust.

Ich nahm meine Tasse und trank den letzten Schluck. Der Kaffee schmeckte wirklich wie Arsch und Friedrich. Bitter und sauer zugleich.

Lara Krump

WESSEN SCHULD

Wessen Schuld willst du eigentlich wieder gutmachen?

Samas Frage schlich sich in meinen Kopf, an zurechtgelegten Erklärungen vorbei, dahin wo's weh tut. Wie seine Augen, wenn er neben mir lag, die durchsahen durch meine. Auf meinem Dachboden die Kiste fanden und etwas hineinlegten, das das ganze System infizierte.

Halb acht, ich war zu spät gekommen. Schon am Gehen gewesen, dann fing mich doch noch einer ab, hatte Redebedarf. Vor dem Wochenende räumt man besser gut auf. Heimweg dann, noch schnell was einkaufen. Jetzt saß ich am Tisch mit Riad, versuchte bei ihm Samas Trick mit den Augen. Gelang nicht.

Wessen Schuld?, als ich Riad ein y aufschrieb, y wie in Syrien, aber y wie in Yeziden.

Éva machte sich am Morgen des 14. Juni 1946 als Ungarin auf den Weg in die Lehrerinnenschule und saß in der Nacht zum 15. als Deutsche im Zug in Richtung ›Heimat‹. Das war ein gelogenes Wort, denn ihre Heimat war woanders. Und sie gehörte ihr nicht mehr. Die Heimat nicht, der Hof nicht, die Zukunft als Lehrerin nicht. Dieses Leben gehörte ihr nicht mehr. Die Mutter heulte und Ágnes heulte. Zsófi heulte nicht, denn die war zu klein und kapierte es nicht. Éva kapierte es und heulte dennoch nicht. Warum sollte sie heulen, wenn sie nur Zorn verspürte.

Der Zug war voll. Nicht für Menschen eigentlich, sondern für Vieh, das sah man und das roch man. Es gab kein Vieh, nur Menschen über Menschen. Männer, Frauen, Alte, Kinder. Manche kannte Éva. Imre war nicht dabei. Und Vater war nicht dabei.

So ein Unsinn, hatte ich Sama entgegnet. Was für eine Schuld denn, da geht's doch nicht ums Gutmachen.

Worum dann?

Na, um die Situation. Dass man doch was machen muss.

Die Tage verschwammen, das Zuhause verschwand, Sama verschwand. Die Wohnung blieb kalt und dunkel bis auf den Lichtschein aus dem Schlafzimmer, wenn ich nach Hause kam. Samas Stimme hinterher. Du hast sie doch nicht mehr alle! Ich stieg leise aus den Schuhen und ging zum Lichtschein und zu Sama und zum Buch, das in seinem Schoß lag.

Ich vermiss dich auch. Im Bett neben ihm war es ganz warm. Ich gab ihm einen Kuss und gleich danach einen Klatsch auf den Kopf. Wieso hab ich sie nicht mehr alle?

Weißt du doch genau. Ich krieg dich kaum noch zu Gesicht.

Wie kann's dir dabei um dich gehen?

Er schnaubte. Selbe Frage an dich.

In der großen, leeren Fabrik waren sie nur ein paar Wochen. Feldbett an Feldbett, darauf, daneben, dazwischen die Leute, sitzend, redend, grübelnd, wartend. Aufgabenlos, ziellos. Es war ein Lärm. Éva saß neben Ágnes und kämmte ihr die Haare, als die Männer, die junge Frauen suchten, an ihrem Bett vorbeikamen und stehen blieben.

Wie alt seid ihr? Könnt ihr nähen?

Sie waren alt genug und konnten nähen. Éva und Ágnes bekamen Arbeit. Bald durften sie ausziehen in ein Zimmer über der Gastwirtschaft, Mutter und Zsófi konnten mit.

Wenn's nicht um dein Gewissen geht, wieso ist es dann nie genug? Wieso kommt das nächste, sobald eins geschafft ist? Arbeit, Ehrenamt, Familie, Bekannte von Bekannten. Hast du Angst vor dem, was übrig bleibt, wenn du das weglässt? Dass nichts übrig bleibt? In Wirklichkeit geht's um nix anderes als um dich.

Sei still, befahl ich Samas Gerede in meinem Kopf. Es stimmte, was er sagte, aber es war auch völlig falsch.

Was gibt dir überhaupt das Recht, mir das vorzuwerfen?, fragte ich ihn in Gedanken.

Was gibt dir überhaupt das Recht, das zu deiner Geschichte zu machen?, fragten mich meine Gedanken zurück.

Der Mann, der zwischen den Näherinnen auf und ab ging, um die Arbeit zu überwachen, hatte den Chef geholt. Von weiter hinten zeigte er auf Éva, dann setzten sie sich in Bewegung. Kamen auf sie zu. Sie musste ihre

Notizen zu den Schnittmustern und Stofflängen zeigen.
Dann fing der Chef an, Rechenaufgaben zu stellen. Éva
löste alle Aufgaben richtig.

Riad und ich liefen in der Stadt herum. Winter. Sie
gefiel ihm, sagte er: Die Kirche, die kleine Insel, wo
der Fluss sich teilte. Das kleine Haus mit der Bäckerei
drin, völlig fehlplatziert zwischen großen Häusern,
einfach, weil es zuerst dagewesen war. Ich wusste das
gar nicht so genau, ob mir die Stadt gefiel. Obwohl
ich schon ein paar Jahre hier lebte. Überlege ich mir
mal, dachte ich.

Riad, kommt dir das eigentlich komisch vor?

Was meinst du?

Wie die Leute hier mit der Sache umgehen. Entweder
Ausländer-raus-Gepolter oder Welcomepartys. Was
denkst du darüber?

Keine Ahnung. Ist mir, ehrlich gesagt, ziemlich egal.
Ich hab anderen Kram im Kopf.

Ich schüttelte den Kopf und grinste über meine Däm-
lichkeit, ging nicht anders. Riad sah das und lachte
mich aus. War nicht das erste Gespräch, das wir
haarscharf zwischen Aushalten der unbekannten Ge-
genwart, unerträglicher Vergangenheit, lächerlicher
deutscher Befindlichkeit und wirklicher Hilfe vor-
beinavigierten.

Ich schubste ihn zur Strafe in eine Seitengasse und
handelte mir dafür einen Schneeball ins Genick ein.

Ágnes war unten in der Näherei geblieben, aber das
machte nichts. Éva verdiente als Sekretärin so viel
Geld, dass es gut reichte. Neben dem Rechnen war es

ihre schöne Schrift gewesen. Hatte sich die Lehrerinnen-schule doch gelohnt, auch wenn nun was anderes draus geworden war.

Im zweiten Sommer nach der Vertreibung wurde es leichter mit der verlorenen Zukunft. Es gab eine neue. Éva hatte im Flüchtlingslager Karl kennengelernt. Er war nicht vertrieben worden, sondern geflohen. Nicht von einem Zuhause, sondern von vielen. In Deutschland hatten sie ihn von Stadt zu Stadt geschickt. Bis er hier angekommen war. Jetzt würden sie sich ein neues Zu-hause holen.

Oma. Wie war das eigentlich bei dir?

Oma saß zwischen Zeitungsschnipseln und der Kaffeeuntertasse auf dem Fernsehsessel. Ich gegenüber auf dem Sofa. Auf dem Tisch standen die Kaffeetassen.

Was denn?

Als ihr hierhergekommen seid. Ihr habt doch gar nichts gehabt, oder? Und die Leute hier haben ja auch nichts gehabt. Und staatliche Organisation gab es bestimmt auch viel weniger, oder?

Oma dachte nach.

Sowas wie die ganzen Leute am Hauptbahnhof mit den Decken und so gab's bei uns nicht. Aber wir kamen auch mitten in der Nacht an. Vielleicht deswegen. Oder die Leute haben sich absichtlich ferngehalten. Leute von der Stadt und der Kirche, die alles organisierten, gab's schon. Die Fabrik war schon als Lager hergerichtet. Gab Frauen, die Essen verteilten. Man erklärte uns, was wir bei den Behörden machen mussten. Sonst hatten wir nicht viel Kontakt mit Leuten. Die Nachbarn hielten sich eher raus. Aber unfreundlich waren sie nicht, die meisten. Bis auf den Wirt von der Gastwirtschaft, in die wir dann umgezogen sind. Der war ganz grantig. Hat sich dauernd über den Lärm beschwert, dabei waren wir immer still. Und ständig schimpfte er, dass wir klauen würden wie die Raben, dabei fehlte ihm gar nie was. Seine Frau war ein halbes Jahr vorher gestorben, Kinder gab's nicht oder nicht mehr. Das war ihr altes Nähzimmer, in dem wir wohnen durften. Er sagte immer, wir sollten alles so stehen lassen und bloß nichts anfassen. Aber als wir ein paar Tage später nach Hause kamen, war der sperrige Schreibtisch weg und ein zusätzliches Bett stand darin, sogar mit Decken und Kissen. Als Zsófi alt genug war, half sie ihm in der Wirtschaft. Sie brachte oft einen vollgepackten Teller für uns mit hoch. Würstchen, Salate, Kartoffeln und was so übrig war. Und an Weihnachten hatte er eine teure Puppe für sie.

Oma lachte.

Ich weiß noch, wie neidisch ich war, aber Ágnes und ich waren einfach schon zu alt. Wenn ich jetzt so überlege, weiß ich gar nicht, warum ich ihn so schrecklich fand. Eigentlich war er ganz schön wichtig für mich damals.

Oma lehnte sich zurück und trank ihren Kaffee leer. Ich war dem grantigen Mann sehr dankbar.

Noch was unternehmen?, schrieb ich Riad in Whatsapp. Bringe vielleicht nen Freund mit.

Kay Weingarten

Reiches Land

Die drei Kilometer sachter Steigung erscheinen mir steiler als sonst. Ich bin nervös und atme schwer, während ich die engen Dorfstraßen entlanggehe und immer noch so tue, als hätte ich ein bedeutsames Ziel. Ein achtbares womöglich.

Ich fürchte mich davor, zu spät zu kommen, während mein Kopf in die andere Richtung will und mich drängt umzukehren. So schleppe ich mich eilig dahin, in der Angst, *ihn* vor dem Eingang des Gemeindehauses zu verpassen, doch mir ist, als steckten meine Füße in Treibsand. Erstaunt bemerke ich, dass ich doch noch etwas zu verlieren habe, selbst an einem solchen Ort voller Scham und verzweifelter Wut.

Vergangenen Mittwoch deutete er an, er wolle mir beim nächsten Mal etwas sagen. Er blickte zu Boden und ich bilde mir bis heute ein, dass seine Stimme schwankte.
»Was denn?« Die Worte rutschten mir einfach heraus. »Und warum sagst du es mir nicht jetzt gleich?«
»Ich kann nicht.«

Carl heißt er. Das weiß ich noch nicht lange. Ich kannte ihn nur als die Nummer Dreiundzwanzig, mit der er aufgerufen wurde, an der Kasse zu bezahlen.

Als er mich einmal fragte, was mich dorthin verschlagen habe, erzählte ich ihm alles. Die Sache mit dem Zusammenbruch und der Kündigung. Und von all den erfolglosen Versuchen in den Jahren danach. Erzählte ihm von der drohenden Verrentung. Ich redete und redete ohne Scham. Und er berichtete von seinem Sohn, der Scheidung, und dass allein mit Kind nur Minijobs gingen, keine Zeitarbeit mehr und keine Fahrten auf Montage. Und dass er das Haus verkaufen müsse. Das alte Haus, das schön gelegen sei am Dorfrand. Mit der großen Wiese und dem Bach, an dem sein Sohn so gerne spiele.

»Ich bin übrigens der Carl«, sagte er.

»Sabine«, sagte ich.

Vielleicht wird er doch nicht kommen. Vielleicht werde ich ihn nie wiedersehen. Jedes seiner Worte geht mir auf meinem Weg noch einmal durch den Kopf und seine Blicke, die mich noch im dichtesten Gedränge treffen. Seine Blicke, wenn ich zwischen Annelie und dem dicken Kurt festklemme. Seine Blicke, wenn alle Nummern zwischen meiner Dreizehn und seiner Dreiundzwanzig anwesend sind und uns in der Warteschlange voneinander trennen, wie der dicke Kurt, der immer mit seinem alten Trecker kommt, den man ihm nicht nehmen kann. Oder der dunkel ergraute Mann im Anzug, der mir still zunickt, wenn ich ihm zusehe, wie er von seinem schwarzen Fahrrad steigt, das offenbar aus dem letzten Jahrhundert stammt. Mit einer kleinen, vornehmen Bewegung lehnt er es jedes Mal an den Zaun. Behutsam, als wäre es ein ganz besonderes Gefährt. Mit derselben Sorgfalt zupft er an den Bügelfalten seiner Hosen, wenn er nach dem langen Stehen in der Warteschlange einen der Stühle vor dem improvisierten Kassentisch ergattert. Ich nenne ihn den Perser, weil er Hamed ähnelt. Hamed, der den Dorfladen am Leben hielt, bis seine Frau ihm wegen ihrer gebrochenen Knochen nicht mehr helfen konnte.

Hamed sprach nie vom Iran, er sprach von Persien und mit versteinertem Gesicht von den Mullahs. Er wand sich, wenn er von dem Land sprach, das nicht mehr seines war; zu höflich, das Gespräch zu beenden, indem er einfach vom Drehstuhl seiner lächerlich kleinen Dorfladenkasse aufstand. Ich schämte mich, wenn ich wieder einmal zu viel gefragt hatte, wo er mir nicht entkommen konnte.

»Nein«, sagte er. »Sehnsucht habe ich nicht mehr.«

Seit es seinen Laden nicht mehr gibt, bin ich Hamed nicht mehr begegnet.

Der Perser hat einen Rucksack dabei, nicht wie die meisten hier gleich mehrere der sperrigen Riesentüten vom Discounter. So beharrlich wie zurückhaltend wehrt er sich gegen die eingeschweißten Fleischwurstringe, die Ratten-Kathi ihm in seinen Rucksack stopfen will. Aus dem tropft es, nach der Kiste mit den schwarz gefleckten Birnen, unten schon heraus. Kathi sieht man sonst nur mit ihrer zahmen Ratte auf der Schulter durch das Dorf laufen. Hier hantiert sie ohne Ratte an den klobigen Styroporkisten, in denen die Kühlwaren frisch bleiben sollen.

Atze mit der Nummer Achtzehn ist nicht immer da. Einmal, als wir bei den Broten nebeneinanderstehen, erklärt er auf die Frage der Ehrenamtlichen, ob wir zusammengehören, feixend: »Noch nicht!«

Ich bin froh, dass er nicht regelmäßig kommt, mit seinen fettigen Haarsträhnen und der speckigen Lederjacke, die im Winter in der stickigen Heizungsluft schnell ranzig zu riechen beginnt.

Die Nummer Einundzwanzig in der Warteschlange sind die alten Eheleute Noske, die sich eifrig mit Carl unterhalten, sobald sie neben ihm zu stehen kommen. Als träfen sie sich zufällig und der frischen Sonntagsbrötchen wegen in Loesners Bäckerei. Wenn ich etwas von der angeregten Unterhaltung aufschnappe, geht es um Carls Hausverkauf.

Als ich heute endlich dort ankomme, sehe ich ihn nicht und mein Herz sinkt mir in den Bauch. Stattdessen drängen sich mehr Menschen als sonst vor den noch geschlossenen Türen des Gemeindehauses. Spannung flimmert wie Hitze in der Kälte über den Köpfen der schweigsamen Menge.

»Ab nach hinten, ihr da!«, höre ich jemanden schreien. Eine Frau in meiner Nähe murmelt: »Sind doch alles Verbrecher und drängen sich noch vor.« Mir ist unklar, wen sie meint, und im Grunde will ich es nicht wissen.

Endlich öffnen sich die Flügeltüren. Ich wende meinen Kopf ab, als der Luftschwall aus den Innenräumen mein Gesicht streift. Es riecht nach überlagerten

Kartoffeln und nach altem Kühlschrank. Brot, denke ich. Nimm halt nur Brot mit. Davon gibt es immer reichlich, und verdorben ist es nie. Von hinten schieben mich die Nachrückenden in den Vorraum.

»Guck nicht so verzweifelt«, sagt Carl, als er plötzlich neben mir auftaucht. »Denk an die schönen, reifen Birnen von letzter Woche.« Wir lachen beide laut auf, sodass die Umstehenden die Köpfe wenden.

»Am besten, ihr esst die heute Abend, sonst werden sie schlecht«, hatte die Ehrenamtliche gesagt und uns händeweise von den schwarz gefleckten Birnen, die es seit Wochen im Überfluss gibt, in die Taschen gepackt.

Weiter vorn entsteht ein Tumult. Wir recken die Köpfe.

»Lasst sie durch, die sind doch heute zum ersten Mal hier!«, ruft einer.

»Die sollen sich erst mal eine Nummer besorgen!«, schimpft eine andere. Es ist Brigitte, eine große Hagere, die mit hektischen Rechts-Links-Bewegungen ihres ausladenden Kiefers einen Kaugummi malmt. Zustimmung heischend blickt sie in die Runde.

»Ist doch wahr, oder? Wir müssen schließlich alle der Reihe nach in der Schlange stehen, bis wir drankommen.«

Jetzt erkenne ich, dass vor dem Kassentisch eine vielköpfige Romafamilie steht. Eine Handvoll Erwachsener, eine Handvoll Kinder.

»Ist ja klar«, sagt Carl.

»Was?«, fahre ich ihn an.

»Dass die Brigitte sich gleich wieder aufregt.«

»Ach so.«

Von vorn kommt jetzt Gemurmel. Ein Raunen. Dann ein empörter Ausruf, gefolgt von lautem Scheppern. Die Menge wogt Richtung Ausgang, mir entgegen, und der Mann vor mir bringt mich fast zu Fall. Ich halte mich an Carl fest und beiße auf die Zähne. Von hinten drängen immer noch Menschen nach. Die Luft wird stickiger und die Stimmen werden lauter. Sätze fliegen in schneller Folge hin und her. Schuhe scharren auf dem Boden.

»Geh doch selbst nach Hause, Mann!«, schimpft einer mit breiter, rauer Stimme.

»Pack mich nicht an oder ich schreie!« Es ist wieder Brigitte.

»Was ist los?«, frage ich Carl, der mich um einen Kopf überragt. »Kannst du was erkennen?«

»Atze will Brigitte rauswerfen«, sagt er.

Ich erhasche einen Blick nach vorn. Ein Kind weint. Eine der Romafrauen nimmt es hoch und wirft wütende Blicke in die Menge. Der Mann hinter ihr legt ihr beide Hände auf die Schultern. Brigitte zetert weiter.

»Mensch, mach, dass du hier rauskommst, Gitti, oder ich vergesse mich!«, tönt Atze.

»Ich hab doch recht!«, gibt sie hitzig zurück. Der Kaugummi wechselt die Seite. »Schnorren sich bei uns durch und tun nichts dafür. Guck Ronnie an, der fährt die ganze Tour und schleppt die Kisten und steht trotzdem an wie alle anderen. Und das mit seinem Rücken!«

»Hör doch auf!«, ruft Carl jetzt über die Köpfe hinweg. »Und gib nicht mit Ronnie an, wo du selbst nichts auf die Reihe bringst.«

»Aber sie hat recht«, mischt sich ein anderer ein. »Die haben noch keinen Finger gerührt für dieses Land und halten schon die Hand auf. Sollen sie doch bleiben, wo sie herkommen.«

Irgendwo kippt krachend ein Stuhl um. Ich stelle mich auf die Zehenspitzen. Der Perser ist aufgesprungen.

»Verdammt noch mal!«, ruft er. Seine Stimme zittert. Der ganze Mann zittert. Im Raum wird es still. »Was wisst ihr denn schon darüber, wie es ihnen dort ergeht.«

Das Kind auf dem Arm der Romafrau ist leise zu hören. Jemand räuspert sich.

Der Perser dreht sich um, greift nach dem umgekippten Stuhl und stellt ihn wieder auf. Dann setzt er sich, zupft fahrig an den Bügelfalten seiner Hosen, schlägt die Beine übereinander und streicht mit einer Hand über sein Gesicht.

»Alle mal einen Schritt zurück, bitte«, sagt der Mann am Kassentisch in die Stille hinein.

»Wir machen das heute, wie wir es immer gemacht haben: Neue, die noch keine Nummer haben, kommen als Erste dran. Das war bei dir nicht anders, Gitti, falls du dich erinnerst.«

»Ihr könnt mich doch alle mal«, schnaubt Brigitte und kämpft sich einen Weg nach draußen frei.

Ein Aufatmen geht durch den Raum. Still wenden sich die meisten jetzt in Richtung Verkaufsraum. Alle warten, bis die Romafamilie registriert ist, bezahlt hat und zur ersten Ausgabestation vorrückt. Mit routinierten Handbewegungen wirft die Frau vom Brottisch Brötchen in die offenen Tüten der Roma. Dann folgen ein paar Brotlaibe und in klebrige Tüten abgepackte Kuchenstücke.

„Der Nächste!"

Nach etwa einer Stunde haben Carl und ich den Parcours hinter uns gebracht und stehen, er mit seiner angeschabten Plastikkiste, ich mit meinen fleckigen Stoffbeuteln, wieder vor dem Gemeindehaus.

»Was wolltest du mir denn nun sagen?«, frage ich.

»Ich ...« Er blickt zur Seite.

»Ja.«

Er holt Luft. »Ich ziehe in drei Wochen um.«

Der Perser, schwer beladen mit seinem vollgestopften Rucksack, kommt an uns vorbei und nickt seinen stillen Gruß. Ich starre ihn nur an, mit leerem Blick und wie gelähmt. Bevor ich mich wieder rühren kann, steigt er auf sein Rad und fährt davon.

»Wohin denn?« Meine Worte werden schwer.

»Nach Frankfurt.«

»Frankfurt.«

»Hm.« Er nickt und sieht zu Boden.

»Das sind zweihundert Kilometer«, sage ich entgeistert.

Sein Adamsapfel bewegt sich auf und ab. Er reibt sich das Gesicht. »Ich habe so lange alles versucht«, sagt er. »Hier geht es einfach nicht mehr weiter für mich und meinen Sohn. Ich wollte es dir längst sagen: Ich habe eine Freundin dort.«

»Ach so.«

»Es ist nicht so ...«

»Ist gut«, sage ich. Er nimmt meine Hand. Ich stehe stocksteif da.

»Ich habe sie übers Internet kennengelernt und endlich auch eine Stelle dort in Aussicht. Ohne sie hätte ich das nie geschafft.«

»Ist doch in Ordnung«, sage ich.

»Mein Sohn kann dort auf eine Ganztagsschule und…«

Ich löse meine Hand aus seiner. Dann wende ich mich ab, nehme meine prall gefüllten Taschen und gehe.

»Ich wusste doch nicht, dass mir hier noch so etwas passiert!«, schreit er mir hinterher.

Als ich mich nach einer Weile noch einmal umdrehe, ist er fort. Auf dem Bürgersteig markieren Tropfen, die aus einem meiner Beutel sickern, den Weg, den ich gegangen bin. Es müssen die Birnen sein.

Gabriele Lanser

Im Innern des Liedes

GRENZENLOS: ein Wort auf einem gelben Zettel. Ein Schreibprojekt im Jahr 2015.

Grenzenlos ist nicht mein Denkraum. Mein Tisch steht entschieden auf der Grenze: Es ist diese gedankliche oder wirkliche Linie, die das Eine vom Anderen trennt, die das Eine enden und das Andere beginnen lässt, an der ich die Welt wahrnehme. Das EINE berührt das ANDERE. Das EINE erkennt sich am ANDEREN. Die Grenze behauptet die Unterschiede. Sie ist von Menschen gemacht. Sie ist infrage zu stellen. Sie ist neu zu bewerten. Jederzeit. Die intimste Grenze verläuft zwischen mir und dem Anderen.

Die GRENZE bereit zur UNSICHERHEIT: mehr als ein Schreibprojekt. Der Zettel ist rot.

Maikäfer, flieg! Der Vater ist im Krieg. Sie sind selten geworden, die großen braunen Käfer. Wir haben sie gesammelt, in Schuhkartons. Wir haben sie aus den Bäumen geschüttelt, ihnen zugesehen, wie sie, auf dem Rücken liegend, mit ihren Beinchen zappelten. Wir haben sie über unsere Handrücken krabbeln lassen. Wir setzten sie auf den Zeigefinger und ließen sie fliegen. Wir waren Kinder.

Kahlid ist dreizehn. Rebellen erschossen die Mutter, die Schwester, den Vater, den Onkel. Da war er acht. Er gehörte der Cobra-Miliz. Die Zeit im Südsudan liegt hinter ihm. Wir gehen ein Stück nebeneinander. Er habe noch nie eine Schule besucht, sagt er. Kahlid ist dreizehn. Er war Kindersoldat.

`230 Millionen Kinder weltweit erle-`
`ben Krieg. Kampfgebiete sind ihr Spiel-`
`platz. Tod und Angst prägen ihren All-`
`tag. [UNICEF-Report 2015.]`

Ich sehe mich klein zwischen den Bücherwänden meines Großvaters. Ich streife mit den Fingern über die farbigen Rücken, lese die Titel. Nichts ist sicher damals: die Wüste und der Ozean, hinter den Buchdeckeln das Fremde, fremd. Auf der Leiter sitzt einer, der schaut mir zu. Ich lasse mir nichts anmerken. Ich gehe weg. Ich komme wieder. Der auf der Leiter ist immer schon da. Herr KA, sagt er. Er sei Herr KA.

Die Diagonale des Dreißigjährigen Krieges verläuft von Schwaben links unten bis nach Ostpreußen rechts oben. Ich zeichne sie quer über eine leere Seite. Sie haben schwere Körper, ihr Flug ist ein unbeholfener. Ihr Brummen, ihr Krabbeln, es geschah: nah an der Haut. *Flieg! Maikäfer, flieg!* Viele Kinderlieder sind vergessen. Dieses nicht.

Der letzte Krieg auf deutschem Boden ist siebzig Jahre her. Ich selbst habe ihn nicht erlebt. Mein Vater erzählte ihn mit den immer gleichen Worten: Die Winter in Norwegen sind lang und kalt. Wir fuhren mit Skiern über eine Mine. Ich verlor ein Bein, die hinter mir waren alle tot. Ich lernte ihre Sprache. Ich aß ihr Brot. An Midsommer warfen wir Jonsokkräuter in den Fjord.

Mehr sagte er nicht. Abends setzte er mich auf das gesunde Bein und erzählte Märchen. Manchmal schrie er in seinen Träumen.

Die Bücher meines Großvaters, sie gehören jetzt mir: Bücher über Ozeanüberquerungen und den ersten Zeppelinflug. Auch die Lederstrumpf-Reihe, eine frühe deutsche Ausgabe. Daneben die gebundenen Jahrgänge der *Gartenlaube* von 1860-66. Ich lese ohne Plan. Bedenkenswertes notiere ich auf Zettel.

Das Bild eines Viehtreibers in einer illustrierten Zeitung von 1867, wie folgt kommentiert: *Viele Jahrhunderte lang werden Rinder über den Ochsenweg getrieben. Sie kommen aus Nordjütland und werden zur Mast in die westlichen Teile Schleswig-Holsteins verkauft. Dieser Nord-Süd-Handel trägt dazu bei, dass die Grenze zwischen den Landesteilen aufgebrochen wird – nicht nur ökonomisch, sondern auch sprachlich und kulturell.*

Ich schiebe den Tisch unter das Fenster. Manchmal brauche ich den Blick in meinen Garten, den endlosen Gang zwischen den Obstbäumen, das Abirren in den angrenzenden Wald. Der Regen fällt senkrecht und ein Kind tanzt in den Pfützen, schreibe ich auf den Rand der Zeitung. `EU bewilligt 600 Millionen Euro für den Balkan. Millionenschwere Infrastrukturhilfe gegen die Flüchtlingswelle. [Schlagzeile des Tages]` Das Gewicht eines Satzes, sagt Herr KA. Er balanciert einen Bleistift auf seinem Zeigefinger. Ich schaue hinaus: Der Regen fällt senkrecht, auf den Pfützen Kreise. Der Tisch liegt voller Zettel.

Die fortwährend zitternde Grenze zwischen dem gewöhnlichen Leben und dem scheinbar wirklicheren

Schrecken. (Kafka: Tagebucheintrag vom 22. März 1922)
Mein Großvater war Eisenbahner und Shakespeare-
liebhaber. Er spielte Theater in einer Laienschar, dekla-
mierte Fontane, Heine und Hesse. Am Abend war er
Bettler, König und Narr, seine Krone war aus Blech, die
geliehenen Worte Zauberei. *Zur siebten Stund, zur siebten Stund* trug er mich zu Bett, mit *Tand, Tand* wiegte
er mich in den Schlaf. Notiert am 4. April 1968, steht
unter dem Kafkazitat. Ich war achtzehn. Es gibt einen
Zusammenhang, sagt Herr KA. Wir haben immer mit
dem zu tun, was schon da ist. Der Zettel ist hellblau.

 Sie sitzt im Schatten der Kastanie, ihr Kind im Tragetuch schläft. Sie singt ein Lied, die Melodie beruhigend,
sanft. Sie singt in einer anderen Sprache. Das Orange
des Tragetuches leuchtet fremd. Der Sommerflieder
hängt voller Tagfalter, einer sitzt auf der Hand der
Frau. Ich gehe vorbei auf dem Weg zum Bäcker.

 Gegenüber die Hauptschule. Was ist damit? Sie liegt
vor meiner Haustür und sie sollte so erzählt werden:
Seit Jahren stand sie leer, der Putz bröckelte, die Rohre
im Innern rosteten, die eingeworfenen Scheiben hinter Brettern gesichert. Davor der Grünstreifen, groß-
zügig bemessen. Die Kastanie war immer schon da,
die Früchte der Apfelbäume, eine frühe, klare Sorte,
gehören allen. Eine ruhige Straße, fünfzehn Einfamili-
enhäuser, am Ende ein Seniorenheim. Man kennt sich,
man grüßt sich, man weiß, wer in Ferien ist, behält das
Haus des Nachbarn im Auge. Ansonsten rennt keiner
dem Anderen die Türe ein. So sagt man das hier, am
Niederrhein. Die Hauptschule, ein Schandfleck, da waren sich alle einig. Die Stadt suchte einen Investor. Man
befürchtete eine Supermarktkette.

Ich schiebe die Zettel von rechts nach links: Kurzatmige Notizen, Aufgeschnapptes vor der Haustür, Ausgefranstes aus dem Gedächtnis, Beobachtetes und Recherchiertes und immer wieder Sätze, die auftauchen und da sind und notiert werden wollen. Nichts gehorcht einem Hintereinander. Nichts sucht eine Pointe. Nie gibt es den wirklich ersten Satz. Die Ereignisse auf der Tischfläche zeigen sich im Nebeneinander. Nicht zu vergessen Herr KA und sein Erzählen nahe am wachen Zwielicht des Traums.

Sie sind keine Gespenster, sage ich, Herr KA stimmt mir zu. Sie trinken Kaffee, essen Streuselschnecken, studieren die Tageszeitung und tragen ihre Kinder huckepack durch die Fußgängerzone. Sie sitzen im Café nebenan oder auf dem Brunnenrand vor dem Rathaus. Sie haben schöne Körper. Sie kommen aus Afghanistan, Somalia und Syrien. Auf ihrer Haut ist das Licht ein anderes. Ihre Hosen und Hemden sind aus unseren Kleiderkammern. Ihre Einkäufe bezahlen sie mit Gutscheinen. Wenn sie an der Supermarktkasse in der Schlange stehen, wenn sie in ihren Sprachen miteinander reden, wenn sie so selbstverständlich andershäutig sind, sagt Herr KA, dann läuft die Grenze mitten durch den Raum. Es gibt keinen unschuldigen Standort.

Essen und Schlafen seien gewährleistet, sogar fürs Beten habe man ein eigenes Zelt hergerichtet, nur die Sicherheit, dafür gäbe es keine Gewähr. So der Pressesprecher einer Kleinstadt in den Spätnachrichten. Dann die Bilder eines Erstaufnahmelagers: winterfeste Großraumzelte auf einem Sportplatz. In Anbetracht der zu erwartenden Flüchtlingsmassen gehöre es momentan zum Tagesgeschäft, neue

Notunterkünfte einzurichten. Die Kamera
schwenkt ins Innere: Etagenbetten in Zweierreihen,
dazwischen schmale Gänge, hier und da Abtrennwän-
de. Zum Schluss ein Blick auf die Umzäunung: stabiles
Drahtgeflecht, vier Meter hoch.

*Die Mutter ist in Pommerland. Pommerland ist abge-
brannt.* Der Krieg 1756 dauert sieben Jahre. Pommern
wird dem Erdboden gleichgemacht. Als *Weltenbrand*
geht dieser Krieg in die Geschichte ein. *Flieg! Maikäfer,
flieg!* Meine Großmutter wurde mit dem Lied in den
Schlaf gewiegt, sie sang es meiner Mutter, meine Mutter sang es mir. Ich sang es, die Kinder auf der Straße
sangen es auch. Meine Kinder singen es nicht mehr.

Dann ist da ein Morgen, der mit einer Tasse Kaffee
beginnt, die du im Stehen vor dem Fenster trinkst. Der
Tag schon spürbar, die Sonne auch. Jeden Moment er-
wartest du ihr Erscheinen über der Mauer zum Nach-
bargarten und du siehst dich schon die Blumenkübel
tränken, bevor die Temperaturen unerträglich werden.
Dann holst du die Zeitung aus dem Briefkasten, und
noch bevor du die Haustür hinter dir zugezogen hast,
liest du die Schlagzeile: Grausiger Fund in einem
Schleuser-LKW schockiert Europa: Fünfzig
Leichen in einem Kühllaster an der ös-
terreichischen Autobahn A4. Du greifst zum
Staubsauger, um etwas zu tun. Du ziehst den Schlitten
kreuz und quer durch die Räume. Herr KA hält sich
zurück. Es ist nichts da, was ich aufsaugen könnte. Für
den Garten ist es zu spät.

Zurück zur Hauptschule: Jeden Morgen gehe ich vorbei, sehe Männer Fußball spielen, sehe sie diskutieren,
sehe auch Handgreifliches, ein wirres Sprachgemisch,

ein lautes Bild in dieser Straße. Unter der Kastanie ein paar Frauen und Kinder. Die Hauptschule jetzt ein Erstaufnahmelager für 200 Menschen, das Gelände umzäunt, der Grünstreifen außerhalb. Die Leute der Sicherheitsfirma erkennbar an der Aufschrift SECURITY auf dem Rücken ihrer Westen. Überall.

Mindestens 23.000 tote Flüchtlinge seit dem Jahr 2000. Angespülte Leichen werden anonym bestattet. Das Ausmaß der Menschenrechtsverletzungen durch die europäische Abschottungspolitik bleibt im Dunkeln. [Schätzungen des UN-Flüchtlingswerks: Zahlen auf der Titelseite.] Keiner legt sein Geld wortlos auf die Theke. Die losen Sätze vor dem Kiosk sollten als solche stehen bleiben:

23.000 Tote! Unvorstellbar. Und keiner macht was. / Man müsste sie aufreihen, an den schönen, weißen Urlaubsstränden. / Was kann man schon machen? Sollen wir die alle nehmen? / Da ist die Politik gefragt. / Aufnahmequoten für Menschen in Not. Sollte ein Staat überhaupt darüber entscheiden dürfen? / Es sind so viele und sie sind so verdammt schwarz. / Sie stehen vor unseren Grenzen und wir lassen sie nicht rein. Ein Verbrechen ist das. / Man wagt es nicht mal zu denken. / Irgendwann steht es genau so in den Geschichtsbüchern: Das EUROPÄISCHE VERBRECHEN des 21. Jahrhunderts. / Da kann sich dann keiner mehr davonstehlen. Auch wir Deutschen nicht. / Gerade wir Deutschen nicht. / Der Tod im Mittelmeer ist so schrecklich leise. [Ich schaue, wer das sagt. Sie sagt es so leise.] Das macht mir Angst. / Sie liegen da unten ohne Namen und ohne Gesicht.

Ich hatte sie vergessen, die Frau vor dem Zaun mit ihrem Kind, und heute sehe ich sie in ihren gelben Turnschuhen und die Wettervorhersage hat schwere Regenfälle angekündigt. Ihr Gesicht spiegelt sich in der Scheibe, in der sich auch mein Tisch spiegelt. Es ist die Frau aus dem letzten August. Ich suche meine Notizen. Das Orange ihres Tragetuches leuchtet. Mit ihrem rostbraunen Rock sehe ich sie auf der Ladefläche eines überfüllten Pick-ups, das Kind an sich gepresst. Die Nächte in der Sahara sind kalt. Eine Frau stirbt schon am ersten Tag. Niemand sagt etwas, so bleibt sie liegen. Bilder und Berichte aus zweiter Hand. Die Angst, von der Ladefläche zu fallen, über eine Mine zu fahren, in der Wüste zu verdursten, das Kind zu verlieren, ich schrieb sie der Frau vor der Hauptschule in ihre fremdfarbene Haut. *Bahr bila mar*, nennen die Araber ihre große Wüste: *Meer ohne Wasser*. Ich spüre die Unzulänglichkeit meiner Sätze.

Am Abend die Nachrichten und ein Bild sekundenlang auf dem Fernsehschirm:

Ein Kinderkörper an einem menschenleeren Strand. Aylan Kurdi, drei Jahre alt. Angespült. Tot. In einem roten T-Shirt liegt er da. Die Arme verdreht, das Gesicht halb im Wasser. Sein Leben endete auf der Flucht von Syrien nach Griechenland vor der Küste der Türkei. Warum?

Ich kann sie nicht erzählen, nicht die Frau vor der Hauptschule, nicht den toten Jungen am Strand und all die anderen auch nicht. Wenn ich sie mir vorstelle, sehe ich sie in hilflosen Situationen, reduziere sie auf Flucht und Angst, ihre Körper sind verletzte Körper.

Ich tue ihnen Gewalt an. Es ist viel komplizierter, sagt Herr KA. Sie werden abwesend bleiben in unseren Geschichten. Unser Reden ist ein Reden über sie. Er öffnet die Haustür, die offene Tür steht mattblau ins Zimmer. Vielleicht geht es darum, sie zu sehen, sagt er. Du solltest noch einmal am Zaun vorbeigehen, ein paar Klaräpfel aufheben und eine Kastanie in die Pfütze werfen.

`Erst Hamburg, dann Berlin: Flüchtlings-heime brennen! Wir wollen keine Asylan-ten!` Parolen auf Transparenten, Aufrufe zu offener Gewalt im Netz, Hakenkreuze auf weißen Häuserwänden. `150 fremdenfeindliche Angriffe auf Flüchtlingsunterkünfte bundesweit.` Eine Zahl in der Statistik des Bundesministeriums aus dem ersten Halbjahr 2015. `Chronik der Schande`, titelt die BILD.

Welche Zettel soll ich berücksichtigen, welche unter den Tisch fallen lassen? Es werden täglich mehr, und ich mittendrin, sitze davor, verliere den Überblick. Da gibt es Sätze, die das letzte Satzzeichen nicht erreichen, Gedanken, die sich in Konjunktiven verirren. Wo ist der rote Faden in diesem Chaos? Ich rede mit mir selbst, irre durch die Räume. Es ist zu früh für einen roten Faden, sagt Herr KA, und warum sollte es nur einen geben? Du solltest nichts wegwerfen. Noch nicht.

Später Nachmittag und Regen und du hörst es, bevor du es siehst: Lärm hinterm Zaun, Geschrei und Schreie auch. Du bleibst stehen, siehst die Leute der Sicherheitsfirma in ihren Westen, siehst einen Mann mit dem Gesicht auf dem Asphalt, sie halten ihn fest, es sind vier, du weißt nicht, was vorgefallen ist, siehst, was du siehst. Sie drücken ihn auf den Boden, kreuzen seine Hände auf dem Rücken, stemmen ein Knie in sein

Gesäß, warten, bis er aufhört zu schreien, bis er still daliegt, und du stehst auf der anderen Seite des Zauns, und den Mann mit dem Collie neben dir siehst du erst jetzt. Er schüttelt den Kopf und geht. Und am Abend, als du es aufschreibst, spürst du, wie Hand angelegt wird an einem Körper, spürst das Gesetz hinterm Zaun, es ist ein anderes, siehst dich mit im Bild. Ich male Pfeile und Striche unter die Notizen. Alles fügt sich quer über die Seite: Der Zaun besteht aus Strichen und Pfeilen und den Lücken dazwischen.

Teddybären zur Begrüßung: Münchener hei-ßen die Flüchtlinge willkommen. Eine Woche lang Bilder von Menschen mit Kühltaschen und Kindern mit Stofftieren. Sie warten auf die überfüllten Züge, wollen etwas tun, wollen etwas entgegensetzen, sagen WILLKOMMEN. Wasser, Decken, Stofftiere. Spontane, herzliche Gesten. Der Bahnsteig ein Ort.

Manchmal gehst du weit zurück, triffst auf fast Vergessenes und später fragst du dich, warum es dir einfällt und warum gerade jetzt. Es sind die Hände des Vaters, die mich bei den Schultern packen, mich rütteln und schütteln, mich aus den Märchen rupfen, mich mahnen, endlich aufzuwachen, endlich den Mund aufzumachen und die Leute zu grüßen, ich sei alt genug und schließlich Geschäftsleute ihr Kind. Er, der da zupackt, wird riesig, sodass ich mich wegstehle aus meinen Armen und Beinen, und schon bald war das, was er rüttelte und schüttelte, ein leerer Körper. Bis er erschrak und mich auf die Beine zurückstellte. Abends las er aus Peterchens Mondfahrt. Wir schauten in den Himmel und suchten Sumsemanns sechstes Bein. Es kam nur selten vor, dass seine Hände zupackten.

Das deutsche Wort »Willkommenskultur«
könnte international Karriere machen,
mutmaßt im britischen Guardian eine deutsche Autorin. Nach Begriffen wie »Kindergarten« oder
»Blitzkrieg« könne sich auch dieser Begriff im internationalen Wortschatz ver-
breiten.

Pimocks nannten sie uns in den Fünfzigern, sagt die
Nachbarin im schilfgrünen Wollmantel. Auf Hoch-
deutsch hieß das Pack. Wir waren die evangelischen
Rucksackdeutschen hier im katholischen Rheinland.
Wir störten, weil wir anders sprachen, weil wir in Ba-
racken untergebracht waren, weil wir Flüchtlingsaus-
weise hatten. Wir waren nicht willkommen, aber ich
wurde satt und wir hatten ein Dach über dem Kopf.
Wir stehen gemeinsam vor dem Zaun und schauen
hindurch. Sie sieht mit ihrem Körper. Ich war sechs,
sagt sie, und fühlte mich zum ersten Mal im Leben in
Sicherheit.

Ungarn verschärft seine Flüchtlings-
politik, die letzte Lücke im Grenzzaun
wurde geschlossen. Illegaler Grenzüber-
tritt gilt als Straftat und kann mit Haft
geahndet werden.

Sie sitzt abseits von den Anderen, außerhalb des
Zauns auf dem Grünstreifen, das Kind dicht bei ihr, sie,
dicht beim Kind, zählt Kastanien, immer drei, das Kind
spricht ihr nach. Sie trägt einen rostbraunen Rock über
der Jeans. Das fällt mir auf. Überhaupt ist es die farben-
frohe Kleidung, die mich verweilen lässt. Das orangefarbene Tragetuch mit großen fremden Mustern, afri-
kanisch, vermute ich, die neongelben Turnschuhe ein

Fremdkörper. Jetzt, wie ich stehen bleibe, erkenne ich die Batiken auf ihrem Rocksaum, Elefanten und Giraffen. Schön, sage ich und zeige auf die Tiere. Sie hebt die Schultern. Ich versuche es auf Englisch. Sie nickt, streift über den Rocksaum. Das Kind rollt eine Kastanie zu mir herüber.

Deutschland schließt die Grenzen zu Österreich, der gesamte Zugverkehr wird für einen Tag eingestellt, gleichzeitig werden verschärfte Grenzkontrollen durchgeführt.

Sie war nicht da, schreibe ich auf einen Zettel. Die Frau mit dem Kind im orangefarbenen Tragetuch. Sie saß nicht vor dem Zaun. Sie sang dem Kind kein Lied. Jetzt, am Schreibtisch, erzähle ich den leeren Platz vor dem Zaun. Ich male Striche und Pfeile unter die Notizen. Alles fügt sich zueinander: das Lied, die Frau, das Kind und der Zaun. Seit Wochen gehe ich jeden Morgen an ihr vorbei und jetzt in der Vorstellung vibrieren die Ränder des Bildes, ich sehe die Intimität, sehe die Gewalt des Zaunes. Die Geschichte, die das Lied erzählt, bleibt unübersetzt. Ich spüre das Brodeln im Innern. *Flieg! Maikäfer, flieg!*

Ein Jahr PEGIDA: Zehntausende dafür - Zehntausende dagegen. Galgen und Hiltlerbärte und der Ruf: Wir sind das Volk! HERZ GEGEN HASS! Das Motto der Anderen.

… die KZs sind ja leider derzeit außer Betrieb. Ein Halbsatz. Ein Zitat. Eine Rede vor Zwanzigtausend. Der Satz erhält Beifall. Vor der Semperoper ein Transparent: Wir sind kein Bühnenbild für Fremdenhass!

Lügenpresse halt die Fresse! Die selbst er-
nannten *Patriotischen Europäer gegen die Islamisierung
des Abendlandes* skandieren vor historischer Kulisse.

Sprache hat ein Gesicht, sagt Herr KA. Sein Blick fällt
auf die Notizen von gestern, sie liegen auf dem Tisch
im Lichtkegel der Lampe. Er schaut in eine Fratze.
Hier werde ich nicht gebraucht, sagt er. Hier lässt sich
nichts hinzuerfinden. Du solltest die Notizen mit einem
Datum versehen; für manches braucht es einen Nachweis, später, wenn Jasmin und Sommerflieder wieder
betörend üppig durchs Fenster wachsen.

Der Schatten der Kastanie am Nachmittag. Der Maikäfer auf dem Rücken der Kinderhand. Das Totholz
im Grenzwald der Kindheit und unter der Wüste das
Meer. Notiert auf der Rückseite eines Einkaufsbons,
das Datum nicht mehr erkennbar.

Manchmal greife er durch eine Lücke im Zaun, sagt
Herr KA, dann gerate etwas außer sich, alle Tagge-
schichten verlören ihre gewohnten Verknüpfungen
und auf der Grenze zwischen Taghirn und Traumver-
stand, gerieten die Dinge durcheinander, würden un-
verständlich und mischten sich neu. In dieser wieder-
gefundenen Fremdheit stünde das Kind. Es stünde da
ohne Sprache. Vielleicht müsse man auf dieser Grenze erzählen. Vielleicht müsse man eindringen in den
Raum zwischen Politik und Poesie. Der auf der Leiter
steigt zu mir herunter. Wer schaut zu?, fragt er, und
wie? Und wer ist man selbst? Man braucht einen Übersetzer.

Es geschieht vor meiner Haustür und mir fehlt die Zeit,
mich zu entfernen, Distanz zu schaffen zwischen den

Ereignissen und meinem Schreibtisch. Etwas drängt mich zu reagieren. Ihr Dasein in unseren Straßen, ihr Aufwachen in überheizten Klassenzimmern, ihr Warten aufs Frühstück, aufs Mittagessen, aufs Abendessen, ihr Warten auf eine Handyverbindung, auf den Dolmetscher, auf die Anhörung, aufs Einschlafen, aufs Aufwachen, aufs Warten, dass etwas passiert. Ich kann es nur reihen. Ich finde keine Sätze für ihr Anderssein und mein Dasein und fürs Sichverändern. Ich nummeriere leere Seiten. Sag etwas! Du da oben, auf deiner Leiter, nun sag etwas! Herr KA lässt sich Zeit. Eine leere Seite, sagt er dann, eine wirklich leere Seite, ist eine Aussage, ist ein schriftstellerischer Akt. Er gehört in diesen Raum, in dem nur wir beide sind. Danach wirst du waghalsig lügen.

Nichts weißt du später wirklich, wenn du wach bist, tagwach, sagt Herr KA, wenn du am Fenster stehst und in den Garten hinabschaust auf die Obstwiese, wie sie daliegt, still und überschaubar. Und hatte nicht gerade erst dort unten ein Unwetter gewütet, ein Sturm den Birnbaum entwurzelt? Und waren nicht ganze Völkerstämme zwischen den Apfel- und Pflaumenbäumen hindurchgezogen? Sudetendeutsche, Donauschwaben und Schlesier auf dem Weg gen Westen. Frauen und Kinder. Mit Kopftüchern und Decken um die Schultern. Und zogen sie nicht ihren Hausrat in Handkarren und Leiterwagen durch die Wiesen? Und sahst du nicht zur gleichen Zeit Syrer und Eritreer auf dem Weg gen Norden, ihre Kinder in bunten Tüchern um den Leib gebunden? Und du siehst dich selbst dort unten auf der Obstwiese stehen, mitten zwischen ihnen, die Arme vor der Brust gekreuzt. Du sagst etwas, hebst zaghaft die Hand, erkennst die Nachbarin im schilfgrünen

Wollmantel, sie hakt sich ein, geht mit den Vielen, du hebst erneut die Hand, sie gehen weiter, streifen deine Schulter, gehen mitten durch dich hindurch. Für einen Augenblick reißt das Erdreich zwischen den Obstbäumen auf, die Jahrhunderte zeigen sich und die Länder öffnen ihre Schlagbäume.

Dem deutschen Beispiel der Grenzschließung folgten Österreich, Slowenien und die Niederlande. Die EU-Innenminister verständigten sich auf freiwillige Quoten für die Verteilung der Flüchtlinge.

Ich sehe ihn täglich im Internetcafé. Er wartet auf seine Anhörung. Er wartet seit fünf Monaten. Manchmal gelingt es ihm, seine Frau zu sprechen. Dann wird das Warten in seinen Augen lebendig. Er hofft auf ein Bleiberecht. Er hofft auf eine Arbeit. Er hofft auf eine legale Einreise für seine Frau. Sein Körper ist schmal, seine Haut hat die Farbe tiefbrauner Erde. Seine Sonne scheint über der Wüste, ich weiß nichts über sie, nicht, wie sie wärmt, nicht, wie er sie sieht.

Wie viel Willkommenskultur kann und will Deutschland sich leisten?

Bahira, sagte sie, sie heiße Bahira. Das war vor einem Jahr. Ich habe sie nie nach ihrer Flucht gefragt. Wenn wir miteinander über den Hof gingen, sprach sie von ihrem Dorf, wie es war vor dem Krieg, von ihrer Familie, von ihren Festen. Oft gingen wir nur nebeneinander. Sie summte eine Melodie, ein Kinderlied, sagte sie. Vielleicht war es die Art, wie sie den Ball quer über den Schulhof warf, die Art, wie sie den Kopf hielt. Sie war Bahira, die Andere mit einem Namen, und ich konnte sie sehen.

Ihr Asyl wurde bewilligt und es war ihr letzter Tag in unserer Stadt. Sie saß mit den Vielen in meiner Küche. Sie kochte Kaffee mit Zuckerwasser, servierte das schwarze Getränk in meinen Tassen. Sie trug einen türkisblauen Schal und unzählige Reifen um ihren Arm. Sie pürierte Kichererbsen, bereitete ihre Speisen in den Schüsseln aus einer Eifeltöpferei. Sie reichte mir Hummus auf Pfefferminze. Unsere Hände berührten sich. Sie war reich und stark. Ihre Kultur – meine fremde Küche. Sie würde gerne kochen und träume von einem kleinen Raum mit einem Tisch und vielen Stühlen und einem Herd mit einem richtigen Feuer. Sie sprach mit munteren Händen.

WILLKOMMENS[KULTUR], das neue deutsche Wort, ich kann es nicht ausblenden. Es macht sich breit in diesen Tagen. Es spricht sich so vollmundig. Meine Gefühle sind spärlicher. Zwiespältig. Das Wort, schon als Wort ein Widerspruch in sich, denke ich, fühle ich, sehe die Bahnsteige, die Menschen, die vielen Menschen. Der Moment der Ankunft: ein Moment. Die Geste des Willkommens: eine Geste. Ehrlich. Herzlich. Spontan. Wichtig. Richtig. So kann ich es stehen lassen. In dieser Vorläufigkeit. Weit entfernt von Kultur. Ich schiebe den Zettel an den Rand des Tisches.

Wir sitzen im Internetcafé. Wir füllen Anträge aus, reden miteinander, so gut es geht. Wenn du hinter dem Zaun bist, musst du rennen, einfach nur rennen, denn etwas anderes kannst du nicht mehr tun. Er erzählt es immer wieder. Es sei der Rat des Schleppers gewesen, und er, Hilal, habe ihn befolgt und sei davongekommen. Er sei durch den Stacheldrahtzaun gekrochen, mit all den Anderen, und sei gelaufen und gelaufen, über einen endlosen Strand, bis er hingefallen sei, einfach hingefallen. Er habe seine Hände so tief in den Sand gegraben, bis es kühl und feucht geworden sei. Er habe nicht gewusst, wie schnell er laufen könne. Jetzt sei er hier.

Das Fenster steht offen, von der Straße dringen Stimmen ins Haus, was sie sagen, kann ich nicht verstehen. Ich gehe vors Haus und schaue nach. Immer häufiger gehe ich vors Haus und schaue nach. Meine Unruhe hat mit IHNEN zu tun und mit mir; und mit der Frage, wie man anwesend ist in dem, was geschieht in diesem Land. Die Frau vor der Hauptschule kam aus Nigeria. Sie war geduldet. Sie stieg mit den vielen Anderen in einen Bus. Es war abends, spät abends.

Ich stehe vor dem Bücherregal meines Großvaters, streife mit den Fingern über die farbigen Rücken, lese die Titel. Hinter den Buchdeckeln Vertrautes und Fremdes. Ich sei eine unbekümmerte Leserin gewesen, sagt der auf der Leiter. Ich widerspreche nicht. Ich gehe weg. Ich komme wieder. Es geschieht vor meiner Haustür. Ich nähere mich ohne Plan. Ich schreibe. Auf dem Tisch lauter Zettel.

Etwas brodelt im Innern des Liedes. Etwas geht nicht zusammen: die sanfte Wiegenliedmelodie, der nüchtern erzählte Horror. Vater im Krieg. Mutter verbrannt. Alles weg. Alles zerstört. Nur das Kind und der Maikäfer und das Lied. Das Lied weiß mehr als das Kind, das es singt. *Flieg! Maikäfer, flieg!*

Martin Karrer

Eins

Der dritte Tag beginnt noch vor dem Morgengrauen. Ich sitze an einem Schreibtisch, der nicht meiner ist, und spüre Magdeleine und Keltermann in meinem Rücken schlafen. Flüchtiges, Halbgedachtes habe ich auf kleinkariertem Papier notiert und vergleiche das Blatt mit dem Raster, das unsere Pläne, die meine sind, bereits über den anbrechenden Tag gelegt haben. An der linken oberen Ecke beginnend fülle ich ein Kästchen nach dem anderen mit schwarzer Tinte – jedes einzelne einem genau, aber lediglich subjektiv messbaren Zeitraum entsprechend, werde ich schließlich auch meine halbgedachten Notizen gelöscht haben, sobald das letzte Kästchen gefüllt sein, sobald es gelten wird, in der gebotenen Hektik aufzubrechen.

Möglicherweise hatte die Gewissheit über diesen verdeckenden, übertünchenden Mechanismus einer ebenso ablaufenden wie voranschreitenden Zeit die Mutter veranlasst, mir mein Versprechen abzunehmen, das nicht weniger enthielt, als dass ich *ihr Leben aufschreiben* würde. Ich, der ich bis dahin zwar geschrieben, nie aber aufgeschrieben hatte, weder mich selbst noch sonst jemanden aufgeschrieben hatte, musste ihr am Krankenbett versprechen, *ihr*

Leben aufzuschreiben, wie sie es ausdrückte – und es war klar, dass sie mit ihrem »Mein Leben« dasjenige meinte, das sie sich und allen Anderen, vor allem aber mir bis dahin vorenthalten hatte. *Ihr Leben*, das vor der Aussiedlung und somit vor meiner Geburt liegt, den beiden Punkten, die das Ende ihres Lebens, zumindest ihres erzählens- und aufschreibenswerten Lebens markieren, weil es im Danach nichts mehr von Wert gibt; weil die Chronistenpflicht dort endet, wo die Fotografien meiner Kindheit und meines Geburtsortes die weißen Seiten im Album ablösen. Fotografien kümmert es nicht, ob das, was sie dokumentieren, inhaltsleer oder bedeutsam ist.

Bei der Mutter, lasse ich einen tröstenden und verräterischen Gedanken fallen, besteht das verbleibende Raster noch nicht aus Minuten. Vielleicht aus Jahren oder Monaten; vielleicht aus Wochen, sage ich mir, nicht aber aus Tagen, auch nicht aus den Tagen, die ich mir von der Mutter gestohlen habe, die ich mir angeeignet und mit den Requisiten meiner sinnlosen Recherche gefüllt habe: den Fotoapparat, das Notizbuch habe ich in die Tasche gepackt, den Füllfederhalter und die Broschüren von Kapellen, Kirchen, Sehenswürdigkeiten habe ich in die Tasche und die Tasche in den Kofferraum gepackt, habe den Kofferraum geschlossen und Magdeleine und Keltermann ins Auto gepackt und angepackt habe ich nichts außer dem Lenkrad und dem Schalthebel, denn Sinn und Zweck dieser Fahrt, sage ich mir wieder, war es, nichts anzupacken, mich davor zu drücken, etwas anpacken zu müssen, mich davonzustehlen vor meinem

Versprechen und der Erkenntnis, dass ich es nicht werde einlösen können.

Zwei

»Im Jahre 1913 schlug der Blitz in die Mühle. Er hat einen Flügel und ein Mittelstück zerspalten. Der eiserne Wellkopf hat den Blitz angezogen, ist dann durch 2 Paar Steine gegangen, durch den Steinschöler, hat mit [sic] die Stiftentrommel zerrissen und von da ist er auf einen geschmiedeten Nagel gekommen und hat am Ständer unten beim Kreuz noch ein Stückchen Holz herausgerissen, bevor er in die Erde gefahren ist.«*

Irgendwann werde ich also ans ›Bärner Ländchen‹ schreiben müssen und die Zeitschrift der anno 1946 aus Bärn und Großwaltersdorf Ausgesiedelten wird dann meine ungelenken Sätze auf ihr chlorfrei gebleichtes Billigpapier drucken müssen und die beigelegte Fotografie, die das Elternhaus der Mutter zeigt. »Neben dem Haus standen zwei Eschen, ein Birnbaum«, beginnt die Schilderung der Mutter, ich dagegen werde hartherzig bleiben und jedes Wort auf die Goldwaage legen, bevor ich es in die Tastatur der Schreibmaschine hacken werde. Ich werde mir die ungelenken Sätze auf der Zunge zergehen lassen, sie abschmecken, die allzu abgeschmackten Bilder – Stare im Eschengeäst, im Brunnenwasser gekühlte Milchkannen – werde ich gründlich versalzen: »Vom Haus steht kein Stein mehr, auf den Feldern wachsen wilde Bäume.«

Ich werde dem Knistern und Knacken des Diktiergeräts lauschen, dem Rauschen der Aufnahme, das mich in die mütterliche Stube zurücktragen wird:

Asthmatisch quält sich ein Traktor bergauf. Licht schlägt wie eine salzige Brandung ins Zimmer. In ihren Bilderrahmen hängen Brautpaare krumm und schief an der Stubenwand, darunter liegt die Mutter auf dem Scheslon: Die Hände auf dem Bauch gefaltet, den Blick zur Decke geheftet diktiert sie ihre Kindheitserinnerungen, schöpft Brunnenwasser in Blechkannen oder findet Krebse im Flussbett – presst plötzlich die Finger der linken Hand auf die Augen, gräbt die Finger der rechten Hand in den Stoff ihrer Schürze und diktiert, der erste Gatte sei erschossen worden, da sei der Krieg schon vorbei gewesen.

Das Diktiergerät wird das Band abspulen, ich werde Luft holen und nochmals ansetzen:

Hinter staubigen Glasscheiben sind Brautpaare ins ewige Glück gebannt, winzige Nadeln durchbohren ihre Brustkörbe und heften sie an den Tag der Trauung, darunter grinsen die im ehelichen Schoß geborenen Kinder milchzähnig ins Sonnenlicht und strecken der Kamera ihre Einschulungstüte entgegen; die Mutter steckt Geld in Briefumschläge, zur Einschulung, zur Erstkommunion, irgendwann zur Hochzeit ... – Die Luft wie Windmühlenflügel schlagend werfen die Arme des Erschossenen in den Ackerfurchen flackernde Schatten, aufprallt sein Körper wie vom Blitz getroffen. Hinter Bäumen ragt verwittertes Mauerwerk aus der

Erde. Flusswasser, in dem man die nackten Füße kühlt,
wäscht über einen glatten Krebsrücken und reißt das
Tier samt Schale fort, mit einem platzenden Geräusch
lösen sich patronenförmige Kieselsteine aus dem Fluss-
bett und schnellen mit der Strömung davon, suchen die
entblößte Brust. Aus seiner Schwarzweißfotografie stie-
rend fragt sich der erschossene Gatte, ob Blicke töten
können, der Fleischhauer Kummerer lässt den Hammer
sinken und rückt sein Hitlerbärtchen zurecht, die Mut-
ter wickelt meinen Brief ans ›Bärner Ländchen‹ um
einen Stein, mit der faustgroßen Wurfpost schlage ich
auf die Scheiben der Hochzeitsbilder und breche das Eis,
den Beinah-Vater, den ersten Gatten im Arm eingehakt
– der war bei der SS und wusste von nichts – erscheine
ich den Herausgebern des ›Bärner Ländchen‹ im Schlaf,
zwischen den gebleckten Zähnen ein herausgebissenes
Stück Hakenkreuzholz, auf dem ich bis zum Ersticken
kaue und würge, bevor ich heulend in die Erde fahre.

Drei

 Die Mutter frage nach mir, sagt die Kusine am Telefon, fügt hinzu, sie wisse nicht, was sie ihr antworten
solle. Die Wahrheit, schlage ich vor und zucke zusammen, als die Kusine lauthals auflacht: dass ich mit
zwei Minderjährigen in Urlaub gefahren sei? – Keltermann, könnte ich erwidern, sei schon seit Wochen
volljährig, ich hätte mich während der Autofahrt mit
ihm abwechseln können, hätte ihm das Steuer und
Magdeleine den Beifahrersitz überlassen oder mir,
auf dem Beifahrersitz sitzend, Gespräche auf Augen-
höhe einreden können.

Vier

Das Kind, das ich in Händen hielt, trug ein weißes, am Saum mit Spitzen besetztes Hemdchen, seine Augen waren geschlossen, sein Gesicht einer unsichtbaren, lediglich auf den hellen Lidern zu erahnenden Sonne zugewandt. Für ein paar Minuten am Tag gehörte dieses Kind mir, ich konnte mit meinen Fingern über seine Finger streichen, über die nackten, vom Sonnenbrand erhitzten Ärmchen, an denen sich die Haut schälte. Vielleicht verwunderte mich diese sonnenbrandige Haut, die dennoch stets hell blieb, weiß, wann immer ich nach dem Kind sah, nachschaute, ob es noch da war, ob es schon gewachsen war, ob sein dunkler Haarschopf dichter geworden oder der Ausdruck seines schlafenden Gesichts älter geworden war, und dann versuchte, es möglichst unverwandt anzusehen – bevor ich den Kasten wieder öffnete und die Fotografie zurücklegte, von der ich heute nur sagen kann, die Mutter habe sie mir einmal aus der Hand genommen und meinem fragenden Blick erwidert: »Das bist du.«

Fünf

Ich betrete den Kirchenraum und weiß, dass mir von diesem Tag nichts bleiben wird.

Früher wäre mir das Dämmerlicht im Mittelschiff ein Ärgernis gewesen; früher, als mir noch daran gelegen war, die Beschaffenheit der Oberflächen – Holz, Stein – sorgsam zu dokumentieren, sichtbar zu machen, meinen Fingern, die ich später über die auf dem

Tisch ausgebreiteten Abzüge führte, die Illusion einer Struktur zu verschaffen. Der Mutter zeigte ich die Abzüge und führte dabei meine Fingerkuppen über vermeintliche Risse im Holz oder Rillen im Stein, die ich als Narben wahrnahm oder als Lebenslinien, jedenfalls als etwas, das Merkmal eines Alters oder gelebten Lebens war und mir somit als Nachweis einer Wahrhaftigkeit diente und als Erinnerung an ein tatsächliches Aufeinandertreffen: der heftige und doch kaum merkliche Sprung, den das Herz macht, wenn die Fingerkuppe einen Riss im Holz oder eine Rille im Stein entdeckt, und das damit verbundene jähe Bewusstsein, ein fremdes Werk zu berühren, das für die Ewigkeit bestimmt und dem Zerfall überantwortet ist.

Heute: knipse ich. Unsinnig, Magdeleine oder Keltermann davon zu berichten.

Unsinnig auch, der Kusine davon zu berichten. *Der Mutter gehe es schlecht* – eine solche Aussage, antworte ich der Kusine am Telefon, sei wertlos, sei auch den Atem nicht wert, den es koste, sie zu treffen. Eine solche Aussage lege keinen Kontext fest und hänge zwangsläufig in der Luft, oder anders: im Äther, verbessere ich mich, sie hänge im Äther, in den sie von der Kusine hineingesagt worden sei, und es sei nicht möglich, aus einer solchen Aussage einen wertvollen Gedanken oder gar einen Entschluss zu ziehen. Der Mutter gehe es *immer schlechter*, verbessere ich die Kusine, das sei eine Aussage, mit der etwas anzufangen sei, weil sie einen Kontext festlege, einen Kontext aus Tagen oder Wochen oder Monaten, die möglicherweise noch verblieben. Wäre aber in meiner

Mutter der Gedanke entstanden, es gehe zu Ende mit ihr, dann würde sie nicht nach mir fragen, sondern nach dem Pfarrer oder dem Notar, die ihr in diesem Fall sehr viel nützlicher wären; die Mutter, sage ich der Kusine, habe immer nur nach mir gefragt, wenn ich ihr habe nützlich sein können, ich sei im Grunde erst interessant für sie geworden, als sie mich habe nutzen können – *nutzen*, wiederhole ich der Kusine, ich wolle nicht: *ausnutzen* sagen –, als sie mich habe nutzen können als Zuhörer und Chronist ihrer sogenannten Lebensgeschichte. Und auch jetzt, sage ich der Kusine und lege auf, interessiere die Mutter an mir lediglich die Tatsache, dass ich nicht anwesend sei.

Sechs

Und wenn sie mir dann meine Kindheit beschreibt: Das war ich nicht.

Sieben

Und wenn sie mir erzählt, was ich mir von ihr habe erzählen lassen, wieder und wieder – Rauschen, ihre Stimme, Räuspern, mein hörbares Schweigen, das Einrasten der Stopptaste, das Rattern der Spulen, über die das Band läuft, vor und zurück – und wieder die Stimme der Mutter, und was sie mir erzählt: Ich glaube es ihr nicht. Ich glaube ihre Erzählungen aus der Heimat nicht, die Jahreszahlen, die Ortsnamen glaube ich ihr nicht, die Stammbäume, die sie mir zum Beweis in die Hand drückt, die Heirats-

und Geburtsurkunden, die Reliquien der Groß- und Urgroßeltern, die Fotografien, aus denen Gesichter starren, die ich nicht kenne, die mir fremd sind und deren Fremdheit ich mir so lange bewusst mache, bis ich mir selbst fremd werde, wie ich da grinsend in der Einfahrt stehe und die Schneeschaufel in den Fäustlingen halte und die Einfahrt in tausend kalten Wintern nicht vom Schnee befreit haben werde, weil sich nichts mehr ändern wird, weil ich mir fremd und zum Kind in mir geworden bin, das ein eingefrorenes Grinsen im Gesicht trägt, immergleich, vor Gegenden, die ich schon längst vergessen habe, die ich vergeblich von der Hirnrinde zu kratzen versuche wie Eingebranntes vom Kochtopfboden: In Tirol, in der Einfahrt, vor der Fototapete, vor dem Kindergarten, vor dem Christbaum, am Bodensee, am Waldrand ... – Öder Löwenzahn in der Schotterstraße. Rostende Ackermaschinen. Vogelnester in ausgeschlachteten Autokarossen. Ich lege einen Laubteppich aus alten Fotografien, eine Windböe entlaubt die Baumkronen, treibt Stöße eng beschrifteter Blätter zusammen. Ein Zittern geht durch den Waldboden, die Typenhebel meiner Schreibmaschine fressen sich durchs Unterholz, schlagen ins Mauerwerk leerstehender Häuser, machen entvölkerte Dörfer dem Erdboden gleich – Schlag um Schlag schreibe ich uns weg, streiche uns Satz für Satz aus dem Leben, und was ich schreibe, glaube ich nicht. Die Fotografien, die letzten Beweisstücke, bleiche ich im ätzenden Wasser der Fischteiche.

Acht

Immer, wenn es mich plötzlich überkommt, wenn mich des Nachts oder in den stillen Zwischenstunden des Tages der kindische Wunsch überkommt, die Mutter möge sich vor mir rechtfertigen, stelle ich mir vor, wie sie mir, um mir nicht in die Augen sehen zu müssen, einen Brief ans ›Bärner Ländchen‹ diktiert, und ich stelle mir vor, wie ich ein Blatt Papier auf die Schreibmaschinenwalze klemme und schreibe:

Wenn vom Gestern nichts mehr bleibe, wenn man vom Gestern weggerissen werde, bevor man sich habe abnabeln können: es müsse doch verständlich sein. Wenn man ständig auf die immergleichen Worte zurückgreifen müsse, die man nicht aussprechen könne, weil sie einem schon von Anderen aus dem Mund genommen worden seien, von denen, die genau das Immergleiche aussprächen wie man selbst, weil sie das immergleiche Gestern teilten, weil das Teilen eines weggerissenen Gestern eine Immergleichmacherei sei: es müsse doch mehr als verständlich sein. Und man könne doch nur Stillschweigen wahren und stillschweigende Zustimmung erwarten, wenn nichts mehr zu sagen bleibe, wenn alles nur noch ein Nachsatz sei, eine billige Kopie oder eine Verfälschung oder Verspottung des Lebens vor dem toten Punkt, der aus dem Gestern das Gestern gemacht oder es als Ewiggestriges gekennzeichnet habe, das nur noch als in immergleiche Worte gefasste Erinnerungen existiere oder als jeder Beschreibung spottendes Totenbild des ersten und eigentlichen Sohnes, dem das Überschreiten des toten Punktes nicht möglich gewesen sei

und der lediglich als ewiggestrige Fotografie existiere,
von der ich heute nur sagen kann, die Mutter habe sie
mir einmal aus der Hand genommen und meinem fra-
genden Blick geantwortet: »Das bist du.«

Neun

Ein Hund schlägt an, als die ersten Häuser ins Rutschen geraten.

–

* aus: Johann Hoffmann, *Groß-Waltersdorf – Aus der Geschichte des Schieferdorfes im Odergebirge*, Verlag Adolf Gödel, Wolfratshausen 1965

Matthias Schlicke

DER SCHRANK

Es herrschte bereits Dunkelheit, als der Schrank ihn unter sich begrub. Er verlor das Bewusstsein.

Trockene Hitze auf dem Flugfeld. Es musste schon nach acht Uhr abends sein, doch die Stadt empfing ihn mit Fieberglut, die über die Gangway bis in die Maschine wehte. Sie erwischte ihn wie ein Hammerschlag, als er an den Ausstieg trat. Wegen des dichten Nebels im nasskalten Europa hatte sein Flug sechs Stunden vorher noch kurz vorm Cancelling gestanden. Doch hier, im persisch geprägten Mittelasien, herrschte Sommer, mit ebenso unablässig wie unbarmherzig brennender Sonne und Temperaturen, wie sie daheim nie auftraten.

Am Fuß der Gangway warteten zwei junge Frauen auf ihn. Die eine sehr groß, sehr dünn und sehr blond. Ihr machte das Klima offenbar zu schaffen, denn sie trug ein Taschentuch bei sich, mit dem sie ständig die Stirn ihres hochroten Gesichts trocknete. Die andere mittelgroß, mandeläugig, mit weicheren Proportionen, dunklem Haar und Teint, eine tatarische Schönheit. Sie stellten sich als Klara und Dsinara vor. Sie mochten das Gebaren eines deutschen Offiziers erwartet haben, stocksteif und hackenknallend, gestatten, Specialist from Germany, umso größer das

144

Erstaunen der beiden, als er sich mit ein paar Brocken Schulrussisch vorstellte. Das Land gehörte schließlich lange zu den russisch dominierten Imperien. Dass er sich freue, sie kennenzulernen, ergänzte er, ehe Dsinara in nahezu akzentfreiem Deutsch unterbrach: »Wir sprechen lieber in Ihrer Sprache, das Russische wird von manchem nicht gern gehört.«

Als er wieder zu sich kam, wunderte er sich, dass er keinen Schmerz verspürte. Lange konnte er noch nicht unter dem Schrank liegen. Bevor er den Karton mit den Erinnerungsstücken vom Schrank holen wollte, hatte er eine CD eingelegt. Diese CD dudelte noch immer aus den Lautsprechern.

Zwischen den zwei jungen Damen durchquerte er die Flughafenhalle. Das Gebäude auf der anderen Seite verlassend erschien ihm die Hitze schon weniger grausam. Sie brachten ihn in sein Quartier, versprachen, ihn anderntags abzuholen und verschwanden. Ein Zimmer in einem Wohnheim, Bett, Tisch, Schrank. Draußen Dunkelheit und pulsierendes Leben, die Hitze des Tages vergangen. Die Abendkühle lockte die Menschen heraus. Theoretisch kannte er diese Lebensweise. Ihn jedoch, an diesem ersten Abend, lockte nichts auf die Straßen. Das Thermometer zeigte noch immer fünfunddreißig Grad. Nur nicht bewegen. Er verspürte unbändigen Durst.

Durst. Er kam wieder zu sich, weil ihn Durst quälte. Die CD lief immer noch. Der Inhalt des Kartons, der seit einigen Jahren auf dem Schrank ein unbeachtetes

Dasein gefristet hatte, lag vor ihm verstreut auf dem Fußboden.

Er brauchte sich noch lange nicht hinzulegen. Daheim saß man jetzt beim Nachmittagskaffee. Die Uhren musste er noch umstellen, fiel ihm ein. In der Tür erschien ein Gesicht, »Ah, the Specialist«, sagte sein Besitzer und lud ihn auf einen *Tschoi* ein. Das Gesicht gehörte zu Rustam, einem jungen Einheimischen, mit dem er sich mehr gestikulierend als durch irgendeine Sprache verständigte. Der junge Mann hatte zwar eine Anstellung in dieser Stadt bekommen, aber noch keine Wohnung, und so campierte er zunächst in diesem Wohnheim. Rustam servierte einen grünen Tee, den der Neuankömmling, trotz aller Skepsis, als außerordentlich wohlschmeckend empfand. Gleichzeitig bremste ihn der Gastgeber: Die ersten Tage solle er vorsichtig sein, damit er sich an das Klima gewöhnen könne. Aber der Tee löschte nicht den Durst ...

Er phantasierte offenbar. Der Tee hatte den Durst gelöscht, an diesem ersten Abend. Daran erinnerte er sich genau. Jetzt aber lag er noch immer durstig unter diesem blöden Schrank. Dass der eine Fuß des Möbels eine sichere Befestigung hatte vermissen lassen, wusste er schon lange. Und die wenigen Handgriffe schob er schon genauso lange vor sich her. Jetzt konnte er sich nicht mehr davor drücken, und es benötigte wohl noch etwas mehr, um den Schrank zu richten.

Pünktlich um sieben standen die beiden Mädchen in seiner Tür. Wie versprochen wollten sie ihm den

Imbiss zeigen, wo er früh und abends essen konnte, und den Weg zum Büro. Der Imbiss stellte sich als eine Art Selbstbedienungsgaststätte heraus, mit Tischen und Stühlen, eher europäisch gehalten. Vor der Tür des Lokals befand sich auch gleich die Bushaltestelle. Daneben bereitete man schon das Mittagessen vor. Ein Holzfeuer brannte unter einer großen Metallschüssel, in die der Koch nacheinander Reis, in Stifte geschnittene Mohrrüben und fein zerkleinertes Fleisch schichtete.

Das sah lecker aus. Und es schmeckte genauso, wie es aussah. Er bekam Appetit. Doch um sich dort eine Portion Plow zu holen, musste er erst einmal unter dem Schrank hervorkriechen …
Unfug. Das lag Jahre zurück, wenn er dieses exotische Gericht essen wollte, dann müsste er es sich selbst kochen. Und auch dazu musste er erst einmal aufstehen. Sein Blick fiel auf die schwarze Kappe, die er dort erworben hatte, traditionelle Kopfbedeckung der Einheimischen. Eine Tjubetejka.

In den Feierabendbussen herrschte höllisches Gedränge. Wenn nichts mehr ging, so fuhr man auf dem Trittbrett mit, reichte sein Geldstück nach vorn, zur Zahlbox, und erhielt seinen Fahrschein. Und auf allen Köpfen, über die zuerst das Geld, danach der Fahrschein wanderte, thronte diese Tjubetejka, mehr oder weniger reich verziert, schlicht schwarz-weiß oder kunstvoll bunt. Nur er ging barhäuptig auf die Straße und kennzeichnete sich so als fremd. Ein Mann mittleren Alters erhob sich an der nächsten Haltestelle und nötigte ihm seinen Sitzplatz auf, er sei Gast, betonte der Mann immer wieder und bestand darauf, dass er sich setze. Noch am selben Abend kaufte er sich so ein Häubchen.

Merkwürdig. Draußen herrschte heller Tag. Und die CD lief noch immer. Sie musste auf Replay stehen. Was wollte er eben? Aufstehen. Trinken. Essen. Aber es fühlte sich gerade alles so wohlig warm an. Noch ein bisschen liegen. Ausruhen. Da lagen die drei Tonfigürchen. Sogar der Drache hatte den Sturz, wie es schien, schadlos überstanden ...

Sie verabredeten sich immer nach der Arbeit, jeden Tag. Klara und Dsinara brannten darauf, ihm ihre Stadt zu zeigen, jeden Tag ein Stück. Sie schienen ein wenig enttäuscht, als er ihnen nach ein paar Tagen mitteilte, dass ihn weniger die Neubauviertel und modernen Teile der Stadt interessierten. Er sei schließlich nicht so weit gereist, um sich anzusehen, was sich uniform über den ganzen Globus gelegt habe. Lieber wolle er sich in den weniger herausgeputzten, dafür historisch authentischen Gegenden umsehen, wo man noch die traditionelle Bauweise pflege; nicht ins Kaufhaus, lieber auf den alten Basar, und wenn es möglich sei, eine Moschee besuchen ...
Dass er damit den sorgsam überlegten Plan der Mädchen für das Sightseeing völlig über den Haufen warf, bedachte er nicht. Sie konnten einfach nicht damit rechnen, dass sie einen an Kultur und Tradition interessierten Gast betreuen sollten, und lehnten daher ihr Programm an das der Touristengruppen an, die die

Stadt besuchten. Er ahnte nicht, welchen Aufwand sein Wunsch für die zwei Frauen bedeutete. Doch zunächst schleiften sie ihn durch sämtliche Museen der Stadt, das verlangte keine größeren Vorbereitungen. Dann verbrachten sie einen Abend in einer Tschoichrona, einem Teehaus, im Schneidersitz vor dem nur handhohen Tischchen hockend, schwatzend und Tee trinkend. Er nahm diese ganz eigene Atmosphäre zwischen den vielen alten, ungemein ruhig, aber beständig diskutierenden Männern tief in sich auf.

Anderntags: Der Basar! Unter Wellblechdächern boten Händler ihre Waren feil, exotische Früchte und Gemüse hier, dort Tuche, Stoffe mit ganz eigenen, bunten Mustern.

Dort entdeckte er diese traditionelle Keramik, ein vierbeiniges Wesen mit skorpionartig eingerolltem Schwanz und langem Hals, von weit aufgerissenem Maul gekrönt. Ein Drache ohne Flügel.

Die Schallplatte, deren Kopie noch immer dudelte, hatte er auch auf diesem Basar erworben. Mittelasien-Pop. Weltmusik, sagt man heute.

Aufstehen. Bewegen. Die Hand, die er neben sich sah, scherte sich nicht darum, dass er ihre Starre überwinden wollte. Aber es musste seine sein. Sie bewegte sich nicht. Nicht der kleine Finger. Es rührte sich gar nichts.

Der Teil der Stadt, der dem großen Beben trotzen konnte, bestand aus einem unübersichtlichen Gewirr von engen Gassen zwischen hohen, fensterlosen Lehmmauern, hin und wieder durchbrochen von einem

großen hölzernen Tor. In einer Ecke lagerten Lehm-
ziegel zum Trocknen, über die Mauern schauten hier
und da Baumkronen. Dsinara warnte ihn vor, die Alt-
stadt sei sehr unspektakulär. Doch dann kamen sie an
einem offenen Tor vorbei, das den Blick freigab auf
einen blühenden Garten voller exotischer Gewäch-
se, ein liebevoll gepflegtes Haus, mit traditionellen
Ornamenten, Schnitzereien und Keramiken verziert.
Er blieb staunend stehen. Ob es hinter allen Toren so
aussehe, wollte er wissen. Die beiden Frauen zuckten
mit den Schultern. Ein offenes Tor zu finden, war ihnen noch nie gelungen.

*Er lag noch immer so regungslos unter den Trümmern
des Schrankes, wie er damals vor dem Tor gestanden
hatte. Nur fehlte Dsinara, um ihn hier wegzuziehen.*
*Was wollte er gerade jetzt mit diesem Karton, der so
viele Jahre unbeachtet auf dem Schrank sein Dasein
fristen musste? Was trieb ihn dazu, diese CD aufzule-
gen, die er sich von der alten Platte gezogen hatte?*

An einem Wochenende fuhren sie zum Stausee. Die
Wassertemperatur machte jeder Badewanne Konkurrenz. Nach wenigen Schwimmzügen ereilte ihn ein
Wadenkrampf. Also ging er lieber am Ufer spazie-
ren. Unter den Bäumen traf er auf eine kleine Gesellschaft, die ihn spontan zum Plow einlud. Das Reisge-
richt richtete man auf einem großen runden Brett an,
sie saßen im Kreis darum. Teller und Besteck brauchen wir nicht, klärten sie auf und schaufelten die
Speise mit der Hand. Anders schmecke es doch gar
nicht, meinte der neben ihm Sitzende lachend. Und es

schmeckte vorzüglich. Er verbrachte den ganzen Tag unter diesen herzlichen, freundlichen Leuten, die ihn vergessen ließen, dass er als Fremder in dieses Land fernab der Heimat kam. Diese wildfremden Menschen gaben ihm das Gefühl, dazuzugehören.

Daheim vermisste er diese Empfindung in den letzten Jahren. Konnte man sich in der Fremde besser aufgehoben fühlen als zu Hause? Hier jedenfalls, unter dem Schrank am Fußboden und unfähig zur kleinsten Bewegung, fühlte man sich nicht wohl.
Es wurde kalt. Seit Tagen herrschte draußen strenger Frost, und nun versagte auch noch der Heizkessel seinen Dienst. Die Zündelektroden. Die neuen lagen schon eine kleine Ewigkeit obenauf, längst wollte er sie ausgetauscht haben. Jetzt drängte es, aber solange er hier lag, konnte er die wenigen Handgriffe nicht erledigen.

Das Büro bereitete einen Einsatz auf der Baustelle vor. Alle gingen, er wollte mit, dazugehören zu dieser Truppe von Ingenieuren, sich nicht ausschließen lassen. So stand er dann vor dem Rohbau, dem die Zeit davonlief. Sie fertigten die Fußböden, wuchteten den Frischbeton in eine Blechhütte, die einen Mischer und die Betonpumpe barg. Was sie vorn hineinschaufelten, drückte die Maschine hinten durch einen schwarzen Schlauch als Fließestrich auf die Etagen. Im Schatten zeigte das Thermometer vierzig Grad. Die Sonne brannte unbarmherzig bis zum Feierabend auf die Blechhütte und die drei Mann, die an der Schaufel standen. Der Getränkestand an der Straßenecke erzielte wohl an diesem Tag den Umsatz des Jahres.

Der Durst wurde unerträglich. Wie lange mochte er schon hier am Boden liegen? Einen Tag, zwei? Eigentlich spielte das keine Rolle. Wenn nicht zufällig jemand hereinkäme, er läge auch in zwei Wochen noch so da. Aber wer sollte kommen? Von den Leuten ringsum erwartete er nichts mehr.

Sein Weg führte auch an diesem Abend, als die Stadt langsam abkühlte, am großen Hotel vorbei. Zwei Menschen traten gerade vor die Tür. Sie wechselten nur wenige Worte, aber in seiner Sprache. »Ach nein«, sagte die Frau, »heute ist es viel zu heiß, wir gehen lieber wieder rein, da gibt es wenigstens eine Klimaanlage.« Noch bevor er die Touristen erreichen konnte, schlug die gläserne Tür hinter ihnen zu. Ratlos fragte er sich, weshalb die Leute hierhergekommen sein mochten. Klimatisierte Hotels gab es auch anderswo.

Ein paar Tage später, in einer Art Straßencafé am Denkmal des orientalischen Eulenspiegels, erhielt er Antwort. Ein Reisebus hielt, zögernd stiegen einige Leute aus. Gellend schallte eine weibliche Stimme über den Platz: »Eduard, stell dich vor den Nasreddin, ich will dich fotografieren. Damit uns die Nachbarn glauben, dass wir hier gewesen sind!« Er sah eilig weg. Musste er sich für seine Landsleute schämen?

Diese Frage stellte er sich seit seiner Heimkehr schon viele Male. Wenn er Leuten begegnet war, die, statt sich

um Verständnis zu bemühen, ihre Ängste pflegten. De-
ren vorgefasste Ablehnung alle Neugier erstickt hatte.
Die die Gründe der Beunruhigung aus ihrer heilen Welt
drängen wollten. Auch mit Gewalt.
  Die Angst vor fremder Kultur, vor fremder Tradition,
obwohl sie die eigene schon einmal befruchtet hatte,
trieb sie noch immer dazu, die eigenen Gebote zu ig-
norieren.

Er stellte seine Pläne vorzeitig fertig und erhielt die
Genehmigung, noch ein paar Tage Urlaub in diesem
fremden Land zu verbringen. Rustam begleitete ihn
zu den alten Städten und führte ihn auch auf ein Grä-
berfeld. Er wollte ihm etwas zeigen. Sie stiegen hinab
in ein Mausoleum. Plötzlich Schilder, die das Fotografieren verboten. Flüsternd teilte Rustam mit, dies sei
das Grab Kussam ibn Abbas, des Neffen des Prophe-
ten. Eine fernöstliche Reisegruppe stürmte die Stufen
herab, Blitzlichtgewitter, und schon verschwand die
Menschenmasse wieder. Das Entsetzen stand Rustam
ins Gesicht geschrieben. Dass es sich bei seinem Be-
gleiter um einen, noch dazu strenggläubigen, Moslem
handelte, war ihm bis dahin entgangen. Er fühlte sich
verpflichtet, sich für diese Reisegruppe zu entschuldi-
gen, doch Rustam meinte nur, es gebe die einen und
die anderen Besucher. Dann standen sie lange dort,
auf dem Schah-i-Sinda, und bewunderten das Pano-
rama Samarkands.

Draußen herrschte schon wieder Dunkelheit. Warum
erinnerte er sich gerade jetzt an die Zeit in Usbekistan?
An Rustam, Dsinara, Klara und die Kollegen aus dem

Büro? Wegen des Durstes, der ihn peinigte, oder der Kälte, die an das Gegenteil erinnerte? Oder, weil er dort eine Zeit des Glücks erlebte? Plötzlich erinnerte er sich wieder daran, was ihn auf den Schrank getrieben hatte. In der Zeitung war er auf einen Artikel über Palmyra gestoßen. Über die Fliehenden und die Zerstörung des Welterbes. Am anderen Ende des Persischen Großreiches hatte er gearbeitet, damals.

Dsinara wartet an dem kleinen Häuschen, das hier als Terminal fungiert. Sie fällt ihm um den Hals, küsst ihn und sagt: »Komm, wir wollen Ibn Sina besuchen!« Sie nimmt ihn einfach mit, zuerst in dieses kleine Dorf, Afschana, das als Avicennas Geburtsort gilt, dann nach Isfahan, schließlich zu seinem Grab nach Hamadan. Er wundert sich, weshalb er so ohne Umstände ins persische Kernland eingelassen wird. Dsinara begleitet ihn, so jung und schön wie vor dreißig Jahren. Die Zeit scheint ihr nichts anhaben zu können. Sie ruft ihn. Gleißende Helligkeit vor der Unterkunft. Er kann nur ihr liebes Gesicht erkennen. Dann überstrahlt das gleißende Licht auch das ...

Am vierten Tag drangen die Nachbarn in sein Haus ein, um ihn zu zwingen, die ›Hottentottenmusik‹, wie sie es bezeichneten, abzuschalten. Doch die satten, selbstzufriedenen, empathielosen Leute kamen zu spät. Sie konnten ihn zu nichts mehr zwingen.

Sonja Bethke-Jehle

IM ZEICHEN DES JUPITERS

Das Auffanglager. Nika auf der Wiese vor den Zelten, seine große Schwester ist bei ihm. Ein Streit zwischen den Geschwistern, ein Tritt von Svea, dann Schmerz, und Nika, der auf die Erde fällt und weint. Ein anderer Junge, blond, schmal, spitzes Gesicht. Eine blasse Hand, die sich nach Nika ausstreckt, und eine Kugel, die Nika gegen den Bauch gedrückt wird.

Es war eine von vielen Erinnerungen, die Nika mit sich herumtrug. Eine, die in Bruchstücken und wie unter einem Nebel existierte – verschwommen und unwirklich. Nika war sich nicht sicher, was davon tatsächlich passiert war und was er sich einbildete. Die Szene kam ihm in den Sinn, während er sich das Angebot des Garagenflohmarkts ansah.

Warum musste er bei dem Anblick des Mobiles mit den Planeten an das Flüchtlingsheim denken, in dem seine Schwester und er gelebt hatten, bevor ihr Asylantrag genehmigt worden war? Noch heute löste diese Zeit in ihm Albträume aus, weswegen er es vermied, darüber nachzudenken.

Mit dem Mobile stimmte etwas nicht. Nika runzelte die Stirn und kniff die Augen zusammen. Statt neun waren es lediglich acht Plastikbälle. Nika wäre nicht irritiert gewesen, wenn Pluto fehlen würde, da ihm vor einigen Jahren der Status als Planet aberkannt worden war. Doch Pluto existierte in dem Mobile als kleine Kugel am Rand. Was fehlte, war ...

»Der Jupiter fehlt«, meinte eine Stimme hinter ihm. Nika zuckte zusammen und drehte sich rasch um. So schreckhaft kannte er sich nicht. War er so in Gedanken versunken gewesen, dass er nicht bemerkt hatte, wie die Verkäuferin zu ihm gekommen war? »Warum?«, fragte Nika verwundert.

»Mein Mann hat den Jupiter wohl verschenkt.« Die Frau hob die Schultern. »Deswegen glauben wir auch nicht, dass wir viel Geld dafür verlangen können.« Auf ihrem Gesicht zeichnete sich Trübsinn ab, doch sie versuchte ihn zu verbergen, indem sie Nika offen anlächelte. Sie trat einen Schritt nach vorn und berührte den Planeten, der dicht an der gelben Halterung angebracht war. »Das Mobile ist noch aus der Kindheit meines Mannes. Zum Glück haben seine Eltern es nie weggeworfen, denn unsere Kinder haben es ebenfalls geliebt. Mir fällt es schwer, es wegzugeben.« Sie ließ die Kugel, die wohl den Merkur darstellte, los und straffte die Schultern. »Sie sollten es mitnehmen, wenn Sie Kinder haben. Gerade Säuglinge mögen so was.«

Nika nickte und wandte sich erneut zum Mobile. Fasziniert betrachtete er die Planeten, die sich durch den Wind leicht bewegten. Er konnte sich gut vorstellen, wie beruhigend es war, als Baby oder Kleinkind einzuschlafen, während über dem Bett die Planeten schwebten.

Er empfand den wohlbekannten dumpfen Schmerz, der immer dann kam, wenn er an seine Eltern denken musste. Der Anblick des Mobiles berührte ihn tief und löste etwas in ihm aus, das er nicht einordnen konnte. Rasch verabschiedete er sich von der Frau und eilte nach Hause.

***

Der Junge, der ihm die Kugel geschenkt hatte, kam jeden Tag. Sie spielten miteinander, ohne zu reden. Nika verstand die fremde Sprache nicht und der Junge hob immer nur die Schultern, wenn Nika auf Afghanisch mit ihm redete. Doch das hielt sie nicht davon ab, viel Zeit miteinander zu verbringen, nebeneinander zu schaukeln und um die Wette zu rennen. Nika durfte sogar mit dem Fahrrad des Jungen fahren. Es waren Momente des Glücks, ein kurzes Aufflackern von Freude inmitten einer Welt voller Armut, Angst und Aggression.

Gedankenverloren stand Nika am Fenster in der Küche und presste die Stirn gegen die kühle Scheibe. Sein Herz klopfte ihm viel zu schnell in der Brust und seine Hände zitterten, als er die Tasse mit heißem Tee an seine Lippen führte.
Er musste sich täuschen. Sein Erinnerungsvermögen spielte ihm einen Streich. Oder? Konnte es sein, dass ...
»Bin auf dem Speicher«, rief Nika seiner Frau zu. Sarah lag im Wohnzimmer auf dem Sofa und streichelte ihren prallen Bauch. Nur noch vier Wochen bis zum errechneten Termin. Der Gedanke an Sarahs Schwan-

gerschaft trat in den Hintergrund, als Nika die Leiter zum Speicher hinaufkletterte.

Seine Eltern hatten versucht, Svea und ihn von Terror und Krieg abzuschirmen und ihnen eine gute Kindheit zu ermöglichen. Zwar in armen Verhältnissen, aber behütet genug, um zu glauben, die Welt wäre ein guter Ort. Diese Naivität hatte Nika inzwischen abgelegt. Seine Eltern waren aus Afghanistan geflohen, um ihnen eine bessere Zukunft zu ermöglichen, und dafür war Nika dankbar. Leider waren sie bei der Flucht gestorben. Umso härter hatte Nika darum gekämpft, erfolgreich zu sein und hier sein Glück zu finden, denn so war das Opfer seiner Eltern nicht umsonst gewesen. Er arbeitete als Teamleiter bei einem IT-Dienstleister, war verheiratet und lebte in einem geräumigen modernen Haus. Bald würde er Vater werden.

An die erste Zeit in Deutschland hatte Nika keine guten Erinnerungen. Überfüllte Zelte, unterschwellige Aggression, Missverständnisse zwischen Menschen unterschiedlicher Herkunft und Sprachen. Jeder von ihnen hatte eine Geschichte, eine Vergangenheit. Vergewaltigung, Hunger, Folter. Und Krieg. Viele Deutsche waren misstrauisch gewesen und hatten verhalten reagiert. Gerade zu Beginn hatte Nika sich sehr unerwünscht und unwillkommen gefühlt.

Nika schüttelte leicht den Kopf und versuchte damit die Gedanken zu vertreiben. Er kratzte sich am Kinn und sah sich auf dem Dachboden um. Endlich, in der Ecke: ein kleiner verbeulter Koffer mit den wenigen Dingen, die er im Asylantenheim besessen hatte. Nika hatte nie wieder hineingeblickt. Sobald der Asylantrag bewilligt worden war, hatte er sein Hab und Gut versteckt, in der Hoffnung, alles, was mit der Flucht zusammenhing, verdrängen zu können. Fortan hatten sie in einer richtigen Wohnung gelebt, seine Tante, sein Onkel, Svea und er, hatten Deutsch gelernt und er war mit Svea in die Schule gegangen. Ein Neuanfang! Viel hatte ihm nicht gehört. Klamotten, ein Kamm, eine Zahnbürste, ein Teddy ... und ein Plastikball mit einem Haken oben. Den hatte ihm der hellhäutige, blonde Junge geschenkt.

Nika fühlte Freude. Er war sich sicher: Der Ehemann der Flohmarktausstellerin war das Kind gewesen, das ihm damals Mut gemacht hatte. Als kleiner Junge hatte er keine Ahnung gehabt, was diese orangefarbene Kugel mit den weißen Streifen darstellen sollte. Jetzt, nach vielen Jahren, konnte er das Geheimnis endlich lüften. Es war ein Modell des Jupiters.

Hastig griff Nika danach. Das Material fühlte sich kühl an, was Nika überraschte, denn trotz der Kälte auf dem Speicher hatte er gedacht, die Kugel müsste noch warm sein. Damals war sie warm gewesen. Nika hatte sie immer bei sich getragen. Selbst nachts, wenn er im Bett gelegen und nicht hatte schlafen können, weil es in dem Zelt noch laut war. Immer wenn er sich abgelehnt gefühlt hatte oder ihm Misstrauen und Abneigung begegnet war, hatte Nika an diesen Jungen gedacht. Und das hatte ihm Hoffnung gegeben. Viele Jahre lang.

***

Der blonde Junge und Nika hockten nebeneinander und aßen Süßigkeiten, die der Junge mitgebracht hatte und mit Nika teilte. Die bunte durchsichtige Substanz schmeckte süß und gleichzeitig sauer, aber so gut! »Tom!«, brüllte eine Frau. Die Mutter des Jungen. Der Junge sah hoch. Für einen Moment glaubte Nika, er würde wegrennen, aber dann senkte er den Kopf. »Tom!«, rief die Frau noch einmal. Sie sah Nika böse an und umschlang die Hand ihres Sohnes. Dann zerrte sie ihn schimpfend weg. Nika rief ihnen etwas auf Afghanisch zu, obwohl er wusste, dass sie ihn nicht verstehen würden. Der Junge drehte sich um, hob die Schultern und antwortete auf Deutsch. Traurig presste Nika die Plastikkugel an sich. Jeden Tag stand er am Eingang des Asyllagers und wartete – umsonst.

Am Vormittag waren die Erinnerungen noch blass gewesen wie unter Nebel, doch den Tag über waren sie immer klarer geworden. Immer besser konnte Nika sich an den Jungen erinnern, und die Bilder waren nicht länger farblos und verschwommen, sondern strahlend hell.

Während er vor der Wohnungstür wartete, drückte er die Kugel an sich , so wie er es damals vor vielen Jahren als Kind getan hatte.

Ein Mann öffnete ihm die Tür. »Kommen Sie wegen des Betts?«, fragte er.

»Nein, es geht es um etwas anderes«, sagte Nika und rieb sich mit einer verschwitzen Hand über die Stirn. Dass der Mann ihn nicht erkannte, verwunderte ihn nicht. Er hätte ihn ebenfalls nicht erkannt. Damals waren sie noch kleine Jungen im Alter von ungefähr zehn gewesen. »Können wir kurz was besprechen?«

»Gibt es ein Problem mit dem Flohmarkt unten?« Ursprünglich hatte Nika den Jungen ein bisschen jünger als sich selbst eingeschätzt, nun aber überlegte er, ob er diese Annahme revidieren musste. Leichte Falten zeichneten sich bereits auf dem Gesicht des Mannes ab. Seine Augen huschten nervös hin und her. Das blonde Haar war stumpf, die Gestalt etwas zu dünn.

Tom, fiel Nika ein. Die Mutter hatte den Jungen Tom genannt. Das musste sein Name sein.

»Nein, nicht wirklich«, meinte Nika eilig, um den Mann zu beruhigen.

»Kommen Sie doch mal rein«, bat Tom, wirkte aber trotz der Einladung distanziert und widerwillig. Er lächelte nicht, öffnete jedoch die Tür weiter und deutete an, dass Nika ihm folgen könne.

Nika räusperte sich mehrmals. Es war nicht einfach, das Gespräch zu beginnen. Die Wohnung wirkte klein und war schlicht eingerichtet. Es war sauber, doch die Möbel wirkten schäbig, abgewohnt, was Nika irritierte. Vielleicht war das Ehepaar auf das Geld dringend angewiesen?

Auf dem Wohnzimmerschrank stand ein Bild der Familie. Tom, die Frau, die Nika unten beim Garagenflohmarkt kennengelernt hatte, sowie drei Kinder. Zwei Jungen, das mittlere Kind war ein Mädchen. Eine glückliche Familie, lachend, einander umarmend. Anscheinend waren Tom und seine Frau früh Eltern geworden und lebten auch heute noch zusammen, worum Nika ihn etwas beneidete.

Nika hatte seine Frau erst spät kennengelernt und sich danach viel Zeit gelassen. Sowohl er als auch Sarah hatten erst Karriere machen wollen. Sarahs Eltern hatten Vorbehalte gegen Nikas Hautfarbe und Angst um ihre Tochter wegen seiner Religion gehabt. Dazu waren die Warnungen seiner Schwester gekommen, gemischte Ehen seien kompliziert.

Nika spürte Toms ungeduldigen Blick. Stechend und intensiv. Wenn Tom gleich aufbrausend verlangen würde zu erfahren, was los wäre, würde Nika es ihm nicht übelnehmen können. Wer hatte es schon gern, wenn Fremde in die Wohnung marschierten und die privaten Bilder betrachteten, ohne etwas zu sagen?

»Ich hoffe, Sie haben das Planetenmobile noch nicht verkauft?«, fragte Nika, einfach um irgendetwas zu sagen. Er drehte sich von dem Bild weg und betrachtete Tom.

Tom hob den Kopf und runzelte die Stirn. »Nein, hätten Sie es gerne?« Seine Stimme klang nun etwas freundlicher, vermutlich weil er glaubte, Nika wäre doch wegen des Flohmarkts gekommen. Er lächelte und erschien dadurch jünger, was Nika vermuten ließ, dass Tom doch nicht wesentlich älter als er, sondern lediglich mehr vom Leben gezeichnet war. »Es ist nicht vollständig, aber ich glaube, Kinder würde das nicht stören. Meine hat es nie gestört. Sie konnten immer gut einschlafen.«

»Ich glaube, dass ich es vervollständigen kann«, meinte Nika und hob die Schultern. »Ich weiß, dass Jupiter fehlt.«

Tom lachte trocken auf. In seinem Blick schwang Verbitterung, die Nika nicht einordnen konnte. »Das würde mich doch sehr verwundern.«

»Du hast Jupiter doch verschenkt«, begann Nika.

»Ich glaube, ich war damals erst neun oder zehn«, sagte Tom. »Seitdem ist viel passiert und ich habe den Jungen, dem ich es geschenkt habe, nie wiedergesehen.«

»Du hast es an mich verschenkt, Tom«, sagte Nika leise und strich den Stoff seiner Hose glatt. »Ich bin dieser Junge.«

Zuerst verzog Tom das Gesicht, dann wich seine Ablehnung und stattdessen legte sich Überraschung auf seine Miene. »Das kann nicht sein«, sagte er entgeistert.

Nika nickte. »Ich bin es. Ich … habe dir viel zu verdanken.« Er ging einen Schritt nach vorn und legte die Plastikkugel, die ihm im Auffanglager viel Trost gespendet hatte, auf den Wohnzimmertisch.

»Oh mein Gott«, stieß Tom aus. »Ich kann mich gut an dich erinnern. Meine Eltern wollten nie, dass ich zu euch komme, ich war aber trotzdem neugierig. Bei euch gab es viele Kinder, während bei uns in der Straße nur alte Leute gelebt haben. «

Nika nickte und verzog das Gesicht. »Das stimmt, es gab viele Kinder. Zu viele Kinder auf zu wenig Raum.«

Tom betrachtete die Kugel und schüttelte den Kopf. »Es ist schade, dass ich niemals erfahren habe, wie du heißt. Leider haben meine Eltern mir verboten, dich weiterhin zu besuchen. Sie hatten Angst um mich, dachten, ihr würdet mich in die Kriminalität ziehen.«

Nika schnaubte. »Nika«, sagte er und schob seine Hände in die Hosentaschen.

Verwirrt blinzelte Tom. »Was?«

»Du hast gesagt, du fändest es schade, dass du meinen Namen nicht erfahren hättest. Ich heiße Nika.«

»Nika«, wiederholte Tom und streckte die Hand aus. »Schön dich kennenzulernen. Ich bin Tom.«

Nika zog rasch die Hand aus der Hosentasche und nahm Toms in seine. »Hallo Tom«, meinte er leise und fühlte Ehrfurcht in sich aufsteigen. Der Junge, wenn auch lange namenlos, hatte ihm sehr viel bedeutet. All die Jahre war er für Tom wohl auch immer ›der Junge‹ gewesen. Nun endlich konnten sie miteinander sprechen, sich verständigen und einander mitteilen.

»Woher kamen du und deine Schwester?«, erkundigte Tom sich nach einem Moment des Schweigens. Neugierig starrte Tom ihn an, fast begierig, alles von ihm zu erfahren, was er damals nicht hatte fragen können.

»Afghanistan«, antwortete Nika. »Inzwischen habe ich einen deutschen Pass und ich habe mich gut eingelebt.«

»Wie geht es deiner Schwester?« Vergnügt funkelte Tom ihn an und grinste, so als wäre ihm etwas eingefallen. »Ärgert sie dich immer noch so? Ich musste dich ständig vor ihr beschützen.«

Auch Nika lachte. »Na, ganz so war es nicht. Habe nicht eher ich dich vor ihr beschützt? Svea geht es gut, lebt inzwischen mit ihrem Mann an der Nordsee und ist umgänglicher geworden, seit sie erwachsen ist.«

»Du wirkst zufrieden. Was machst du?«, hakte Tom nach.

Obwohl Tom ihn nicht gebeten hatte, sich zu setzen, tat Nika nun genau das. Seine Beine zitterten, weil die Begegnung ihn aufwühlte. Zunächst erzählte er, was er beruflich machte. Weil Tom einen interessierten Eindruck machte, redete Nika weiter und berichtete von seiner Frau Sarah und der bevorstehenden Geburt ihrer Tochter. »Und wie geht es dir?«, fragte er, nachdem er geendet hatte.

Kurz zögerte Tom. »Meine Familie hast du vorhin ja schon recht intensiv auf dem Bild betrachtet. Drei Kinder, verheiratet. Ich bin arbeitslos. Deswegen der Flohmarkt. Unsere Tochter geht zur Kommunion und wünscht sich ein schönes Kleid. Vielleicht bekommen wir auf die Art genug Geld zusammen. Sie träumt von einem mit Spitze besetzten weißen Kleid.« Tom setzte sich ebenfalls. »Meine Kinder sollen nicht darunter leiden, dass ich keine richtige Arbeit finde. Ihnen soll es an nichts mangeln.«

Anerkennend nickte Nika.

»Meine Mutter hat immer gesagt, wenn ich mich zu oft ›bei denen herumtreibe‹, werde ich kriminell«, erzählte Tom weiter. »Also hat sie mir verboten, dich zu besuchen. ›Das ist eine ganz andere Mentalität, Tom‹, hat sie mir gesagt. Sie war nicht gegen Ausländer, aber sie wollte nichts mit ihnen zu tun haben.«

Nika lachte trocken auf.

»Das Klauen in der Schule haben mir deutsche Schüler gezeigt, die Drogen haben mir ebenfalls Deutsche verkauft.« Tom verdrehte die Augen. »Ich habe keinen Schulabschluss, bin viel zu früh Vater geworden.

Für den Abstieg, den ich gemacht habe, schäme ich mich, weil ich genau weiß, dass einiges selbst verschuldet war. Aber ich bin stolz, dass ich mich wegen der Kinder gefangen und einen Entzug gemacht habe. Glücklicherweise hat meine Frau zu mir gehalten, was vermutlich nicht jede getan hätte. Es ist aber schwer, nach so einem Start ins Arbeitsleben zu kommen.« In Toms Stimme lag Wehmut.

Nika wurde traurig. »Verkauf das Mobile nicht«, rutschte es ihm heraus. »Ich glaube, deine Frau hat daran viele gute Erinnerungen. Und jetzt ist es vollständig.«

Tom hob eine Augenbraue.

Nika starrte auf den Boden. Eine unangenehme Stille breitete sich aus. Weil Nika es nicht mehr aushielt, brach er das Schweigen. »Hast du Lust, runter in den Biergarten zu gehen? Es ist schönes Wetter, die haben gutes Essen und wir können uns noch länger unterhalten.«

»Das hört sich wunderbar an.« Tom stand ruckartig auf. »Ich habe mir eben überlegt, ob ich Gummibärchen holen soll, aber ich glaube, dass wir aus dem Alter raus sind. Biergarten klingt gut.«

III Das Alltägliche und Monströse

Miriam Malik

Das Smartphone

»Kullu mnih. Ma bit'alli'. Al-Alman quayyseen. 'Am yis'aduna.« Samy sitzt auf einer Bank nahe der Flüchtlingsunterkunft und spricht schnell und laut in sein Smartphone. Die Verbindung ist schlecht und er weiß, dass ihm nicht mehr viel Zeit bleibt. Denn der Akku droht, den Geist aufzugeben, und er hat keine Lust, sich mit den anderen drei Flüchtlingen um die Steckdose in ihrem Zimmer zu streiten. Dazu ist es schon ziemlich spät, die Sonne geht bald unter. »Akeed! Quayyis kteer! Bas ...« Weiter kommt er nicht.

»Hedupenna!«

Samy zuckt zusammen. Vor ihm stehen zwei Männer und eine Frau. Samy schätzt sie auf Mitte zwanzig.

»Lazem sakker. Rah atassil fiki ba'deen.« Samy beendet damit das Gespräch und sieht fragend zu den Störenfrieden auf. Die drei starren auf ihn herunter. »Smartphone!«, sagt einer der Männer. Und noch viel mehr. Doch »Smartphone« ist das einzige Wort, das Samy versteht. Und den Tonfall. Den kennt er auch. Den hat er auf seiner langen Reise von Syrien nach Deutschland oft genug zu hören bekommen.

»What!«, ruft er aggressiv. Nur nicht unterkriegen lassen. Stärke zeigen. Darauf kommt es jetzt an. Dann verschwinden die drei vielleicht eingeschüchtert.

Hofft er zumindest. Doch vergebens. Sie bleiben, wo sie sind, sprechen weiter, werfen ihm böse Blicke zu. Immer wieder fällt das Wort Smartphone.

Irgendwann wird es ihm zu dumm. Er beschließt, in die Unterkunft zurückzugehen, steht auf und will das Smartphone einstecken. Da macht einer der Männer einen Schritt auf ihn zu, rempelt ihn an. Das Gerät fällt krachend auf das Pflaster.

Samys Herz setzt einen Moment aus. Hastig bückt er sich. Doch die Frau stellt ihren Fuß auf das Smartphone. Die drei lachen schallend. Samy merkt, wie ihm das Blut ins Gesicht schießt. Er richtet sich drohend auf. Alle drei sind einen Kopf größer als er. Die Frau grinst ihn frech an. Samy sieht rot. Er stößt sie heftig zur Seite, bückt sich erneut nach dem Mobilgerät. Doch er ist zu langsam. Ein Fußtritt trifft ihn in den Unterleib. Samy sinkt auf die Knie, hält sich den Bauch. Kassiert einen Schlag ins Gesicht, einen weiteren in die Magengrube. Und dann einen in die Weichteile. Stöhnend kauert er sich zusammen, lässt sich auf die Seite fallen, bleibt liegen. Hilflos muss er zusehen, wie die Frau sein Smartphone einsteckt, wie die drei davonlaufen.

Mittlerweile ist die Sonne untergegangen. Er hatte sich für sein Gespräch bewusst eine ruhige Ecke ausgesucht – vermutlich hat niemand mitbekommen, was passiert ist. Lange Zeit liegt er einfach so da. Irgendwann rappelt er sich doch auf, taumelt zurück in die Flüchtlingsunterkunft.

Einige junge Männer lungern in der Lobby herum, verstummen, als sie ihn sehen. Sabine, die dreimal in der Woche da ist und Deutschunterricht gibt, kommt alarmiert auf ihn zu. »What happened?«, ruft sie. Doch Samy wehrt sie mit einer brüsken Handbewegung ab. Er hat keine Lust, irgendetwas zu erklären. Stattdessen schleppt er sich die Treppe hinauf in das kleine Zimmer, das er mit drei anderen Flüchtlingen teilt, wirft sich auf die Matratze. Er möchte sich einfach nur verkriechen und alles vergessen.

Kurz darauf geht die Tür auf. Einer der Sicherheitsleute kommt herein. »Was ist passiert?«, fragt er auf Englisch.

»Ich bin – gefallen«, sagt Samy. Was soll er sonst sagen? Wohl kaum, dass er Schläge kassiert hat.

»Du kennst die Vorschriften«, sagt der Wachmann. »Wir können keine Prügeleien tolerieren. Komm mit.«

Samy kann sich denken, wohin sie gehen. Und tatsächlich stehen sie drei Minuten später vor der Polizeiwache auf der anderen Straßenseite.

Ein Polizist und eine Polizistin vernehmen ihn.

»Mit wem haben Sie sich geprügelt?«, fragt der Polizist.

Samy zögert einen Moment, erzählt ihnen aber schließlich alles. Der Polizist lümmelt sich auf seinem Stuhl, gähnt und nippt immer wieder an seiner Kaffeetasse. Die Polizistin hingegen beobachtet ihn ganz genau. Samy spürt ihre Skepsis.

»Wo hatten Sie das Smartphone her?«, fragt die Beamtin, als er geendet hat.

»Aus Syrien.«

»So.« Sie mustert ihn misstrauisch. »Ihrer Schilderung nach handelt es sich um ein relativ neues Modell.« Es klingt wie ein Vorwurf.

»Ja. Ich habe es drei Monate vor meiner Flucht in Syrien gekauft.« Samy fühlt sich in die Ecke gedrängt. Ja, er hat sich für das neueste Modell entschieden. Man kann doch nicht aufhören zu leben, auch wenn Krieg ist.

»Prügeln – das geht in Deutschland nicht. Egal, aus welchem Grund. Das können Sie vielleicht in Syrien machen, aber nicht hier«, schaltet sich der Polizist ein. Dabei betont er jedes Wort.

Samy nickt nur. Die Beamten reden weiter auf ihn ein. Wie gerne hätte er sich irgendwo hingelegt.

»Wollen Sie Ihr Smartphone als gestohlen melden?«, fragt die Polizistin endlich – eine gefühlte Ewigkeit später.

Samy zuckt mit den Schultern. Er will nur noch weg. Dann lassen sie ihn tatsächlich gehen – mit einer Verwarnung.

Erst nach Mitternacht kommt Samy zurück in die Unterkunft. Seine Zimmergenossen sind noch wach. Sie sprechen mit ihren Familien und Freunden. Wie gerne würde er das ebenfalls tun. Ein neues Mobilgerät würde sicher ein Vermögen kosten … und nicht nur das. Sein Smartphone war nicht nur die Brücke zu seiner Familie, er hat darin auch alle wichtigen Dokumente und Informationen gespeichert. Nun ist alles weg.

Da fällt ihm ein – er hatte doch versprochen, noch einmal zu Hause anzurufen. »Ich muss unbedingt telefonieren. Kannst du mir dein Handy leihen?«, fragt er Mohammed, der gerade ein Handyspiel zockt.

Mohammed nickt. »Aber nur zehn Minuten – ich muss um ein Uhr mit meinem Onkel telefonieren. Dem aus Kanada. Ach, aber Samy – wasch dich, bevor du anrufst. Du siehst echt schlimm aus.«

Samy befolgt den Rat, geht in den gemeinschaftlichen Waschraum. Dort blickt er in den Spiegel. Gefährlich sieht er aus, mit dem ungepflegten Bart und dem verschmierten Blut im Gesicht und auf dem T-Shirt. Kein Wunder, dass die Beamten so streng mit ihm waren. Er wäscht sich, zieht sich ein frisches T-Shirt an. Dann greift er endlich zu Mohammeds Smartphone, öffnet den Messager und ruft seine Mutter an. Das Handy tutet dreimal kurz, die Verbindung bricht ab. Yal'an ikht il-hali, denkt er. Verdammt.

Samy versucht es wieder. Beim dritten Versuch klappt es endlich.

»Mutter?«, ruft er durch die Leitung. »Mutter?«

»Samy! Habibi!«, hört er sie schluchzen. Und dann erscheint sie auf dem Display.

»Was ist passiert?«, ruft Samy erschrocken.

Sie sieht schrecklich aus, das Haar ist wirr, die Augen sind verquollen.

Seine Schwester drängt sich ebenfalls vor den kleinen Bildschirm. Ihre Augen sind stark gerötet. »Oh Gott, Samy, dein Gesicht!«, stößt sie entsetzt hervor.

Samy fasst sich an die Lippe. »Alles in Ordnung. Nur ein Unfall. Ein kleiner Unfall«, versucht er, sie zu beruhigen.

»Unfall?«, brüllt seine Schwester durch die Leitung. »Unfall? Was ist passiert? Und was war das für ein schrecklicher Mensch? Er hat …«

»Was für ein Mensch?« Samy ist alarmiert.

»Wir haben versucht, dich anzurufen. Doch da ist ein Fremder ans Telefon gegangen. Er hat in einer fremden Sprache gesprochen – war das Deutsch? Ich habe ihn gefragt: ›Was ist mit Samy? Ist ihm etwas passiert?‹ Und er hat nicht geantwortet, sondern hat nur entsetzlich gelacht ... Wir hatten solche Angst, dass dir das Gleiche passiert ist wie Ahmed in Serbien. ›Was willst du von uns?‹, habe ich gerufen. ›Habt ihr Samy entführt? Wollt ihr Lösegeld?‹ Ich habe es auf Arabisch, Französisch und Englisch versucht. Doch der Mann hat nur weiter gelacht über unsere Tränen. Und dann war die Verbindung weg. Wir haben wieder und wieder angerufen, doch er hat nicht mehr geantwortet. Wir waren so voller Sorge ...«

Samy weint nun ebenfalls. Der Schock, die Schläge, die Schmerzen, die Verzweiflung seiner Mutter und seiner Schwester – das ist einfach zu viel. Am liebsten würde er nach Syrien zurückkehren und beide in seine Arme nehmen. Aber das geht nicht. Er muss hier in Deutschland bleiben und genug Geld verdienen, um auch seine Mutter und seine Schwester zu sich holen zu können. So lange bleibt ihm nur zu hoffen, dass sie bei seinem Onkel gut aufgehoben sind.

Und deswegen wiederholt er immer wieder das, was er zu ihnen gesagt hat, bevor er in die Auseinandersetzung geraten ist: »Macht euch keine Sorgen, mir geht es gut. Die Deutschen sind gute Menschen, sie helfen mir.«

Andi Roscher

ANTONISTRASSE

wir hatten eine lesung in der antonistraße
ne nette kneipe gleich gegenüber der st. pauli-kirche
bisschen lyrik bisschen feiern
so war der plan
doch
auf der straße vor dem fenster der kneipe
erst
ein paar braun-weiße fahnen mit braun-weiß gekleideten
menschen unten dran
es wurden immer mehr
dann
gesellten sich braune menschen dazu
und weiße mit
und ohne rechte
linke und keine rechten
fc und lampedusa
es wurde enger und lauter
auf halber höhe der straße
richtung hafen spielte eine band
parolen schwirrten über den kiez
bengalisch befeuert
diesmal ging es nicht nur um fußball
und uns nicht mehr nur um gedichte
am ende der straße
schob sich die gigantische silhouette eines frachters vorbei
so nah als wäre die elbe nur
eine straße weiter

der frachter: vielleicht mit kaffee beladen
afrikanischer kaffee
ganz legal
mit korrekten papieren ausgestattet
einer aufenthaltsgenehmigung
und
nach vorschrift gesichert

Sven Köther

GESTRANDETE WALE

Karim dreht am Radio auf der Suche nach Hip-Hop.
Das ist geil, sagt er, als er endlich etwas gefunden
hat.
Gefällt dir das?
Ich schüttele den Kopf.
Wir sind auf dem Weg nach Tarifa, fahren durch eine
blauschwarze Nacht, immer an der Küste entlang.
Autoüberführung für unseren Chef, den Russen.
Aber man hört doch so was bei euch, da, wo du her-
kommst, oder?
Ja natürlich, antworte ich. Man hört da alles.
Karims Spanisch klingt wie ein Hobel, der über Holz
fährt. Er zischt die Sätze durch den halb geöffneten
Mund. Zieht dabei die Nase ein Stück nach oben, als
hätten die Worte, die er spricht, einen schlechten Ge-
schmack.
Warum magst du keinen Hip-Hop, will er wissen.
Ist mir zu brutal, antworte ich.
Ha, meint er lachend, das sagt ja genau der Richtige.

Kurz hinter Cadiz machen wir eine Pause, um etwas zu essen. Als wir wieder aus der Bar kommen, steht ein junger Farbiger vor unserem Auto.

Könnt ihr mich mitnehmen, fragt er.

Wohin willst du, frage ich.

Algeciras, zu den Fähren.

Nach Tanger?

Ja, von da aus weiter.

Wie weiter?

Weiter halt.

Karim lacht und meint: Kerle wie du reisen eigentlich immer in die andere Richtung.

Kerle wie du auch, sage ich.

Der Junge heißt Roberto.

Wo kommst du her, frage ich ihn.

Ecuador.

Na, dann bist du aber weit weg von zu Hause.

Genau wie du, erwidert er und ahmt dabei meinen Akzent nach.

Was willst du in Tanger? Arbeit gibt's für euch da keine.

Ich suche keine Arbeit. Ich will nur nach Afrika, mehr nicht.

Nach Afrika, sagt Karim, das versteh' mal einer. Wo da doch alle wegwollen.

So wie du?

Ach, halt's Maul.

Karim kam zum Russen, als seine neunmonatige Arbeitserlaubnis abgelaufen war, er aber ums Verrecken nicht nach Marokko zurückkehren wollte. Wahrscheinlich hatte ihm die Schufterei in den Gewächshäusern das Gehirn schon völlig weich gekocht. Er fuhr zunächst mit dem Bus von Almeria nach Fuengirola. Dort lümmelte er einige Tage herum, bis ihn einer seiner Landsleute, die auf der Strandpromenade Drogen an Touristen verkauften, mitnahm. Irgendwo trafen sie dann den Russen, der ihm einen Job anbot und bestimmte, dass Karim mit mir auf Tour gehen solle. Ich konnte nicht widersprechen und auch später nichts mehr daran ändern, obwohl mir Karim von Anfang an lästig war wie ein unerzogener Hund.

Ich hatte in Guayaquil eine Spanierin kennengelernt, erzählt Roberto, Paula. Sie arbeitete in einer Stiftung, die sich um Straßenkinder kümmert. Nebenbei besuchte sie die Universität, an der auch ich studierte. Wir verliebten uns. Nach einem Jahr wollte sie nach Spanien zurück, um ihren Abschluss zu machen und Lehrerin zu werden. Ich sollte unbedingt mitkommen. Wir heirateten noch in Ecuador, damit ich leichter eine Arbeitserlaubnis für Spanien erhalten konnte. Paulas Eltern und Geschwister hatten einen ordentlichen Schrecken bekommen, als sie plötzlich mit einem Schwarzen auftauchte, noch dazu verheiratet. Es gab eine Menge Tränen und Ärger. Einige Monate ging das gut, aber am Ende musste sie sich doch zwischen mir und der Familie entscheiden. Das fiel ihr dann leichter, als ich es mir vorgestellt hatte.

Wenn ich mit dir nach Deutschland käme, fragt Karim, würden die mich dann für einen Terroristen halten?

Schlimmer, sage ich, sie würden dich für jemanden halten, der nicht arbeiten, aber vom Staat Geld kassieren will.

Dann komme ich besser nicht, oder?

Wahrscheinlich.

Ich habe immerhin keinen Bart, sagt Karim.

Ja, immerhin das.

Wieso Afrika, frage ich Roberto.

Genau weiß ich es auch nicht. Ich kann ja hingehen, wo ich will. Also warum nicht nach Afrika?

Er hält einen Moment inne und schaut aus dem Fenster. Dann spricht er weiter. Seine Stimme ist sanft und hat etwas Fliehendes. Als wäre sie mehr zum Singen denn zum Sprechen gemacht.

Mir ging es viel besser als den meisten meiner Landsleute, die in der Hoffnung kommen, hier eine Arbeit zu finden.

Wir hatten eine schöne Wohnung, Paula konnte weiterstudieren und ich verdiente gar nicht so schlecht. Irgendwann begann ich, von Afrika zu träumen. Von einer hohen Wand aus Pflanzen, so grün und dicht, dass es einen zu umarmen schien. Dazwischen überall lachende schwarze Gesichter und im Hintergrund ein Fluss aus weißem Sand.

Woher willst du wissen, dass es Afrika war?

Keine Ahnung. Es war ein Traum. Er fing an, als Paula sich entschied, mich zu verlassen.

Warum gehst du nicht zurück zu deiner Familie?

Die sind enttäuscht von mir. Sie hatten geglaubt, ihre Situation würde sich verbessern, weil ich eine Europäerin geheiratet hatte. Geld, Reisen, all das, was sonst nicht möglich war. Natürlich geben sie mir die Schuld dafür, dass es mit Paula schiefgegangen ist. Und jetzt haben sie Angst, ich könnte ihnen auf der Tasche liegen, wenn ich zurückkomme.

Dann also lieber nach Afrika?

Genau. Ist ja im Grunde genommen auch meine Heimat.

Ein bisschen krank ist das schon, oder?

Karim dreht wieder am Radio.

Was suchst du denn?

Ghamedi. Kennst du den?

Nein.

Der ist echt geil.

Als ich vor drei Jahren an der Costa del Sol aufschlug, besaß ich nur ein paar Klamotten und das Geld, das ich meiner Mutter gestohlen hatte. Tagelang lief ich von einem Hotel zum anderen und fragte nach Arbeit. Danach versuchte ich es in Bars und Restaurants, zuletzt auf Baustellen. Schließlich entdeckte ich ein Geschäft, das Wasserfilter verkaufte und für den Haustürverkauf jemanden suchte, der deutsch und englisch sprach. Ich stellte mich vor und bekam den Job. Also zog ich los, die ganze Costa del Sol entlang, eine Siedlung nach der anderen, von Villa zu Villa. Dort gibt es von allem etwas: Schweizer, Engländer, Deutsche, Skandinavier, Araber und einen Haufen Osteuropäer. Anfangs dachte ich, das Geld läge dort auf den schönen Teerwegen, die sich zwischen Pinien und Hibiskussträuchern hindurchschlängeln, aber nichts da. Nach drei Monaten hatte ich gerade mal vier beschissene Filter verkauft und wurde entlassen. Was nicht weiter schlimm war, konnte ich in dieser Zeit doch die Gegend erkunden. Außerdem traf ich ein paar interessante Leute. Darunter auch den Russen. Der wohnt in einem Goldpalast, direkt in Sierra Blanca. Das Gebäude sieht aus wie der Kreml, nur etwas kleiner. Dem Russen gehören mehrere Restaurants. Er handelt zudem mit Immobilien, wobei seine Kunden ebenfalls alles Russen sind. Dazu noch die Vermietung von Luxuskarossen. Alles so Geschichten, bei denen man Leute braucht, die nicht ganz auf den Kopf gefallen sind und Dinge von einem Ort zum anderen bringen, ohne groß darüber zu quatschen.

Roberto schaut wieder aus dem Fenster. Der Strand leuchtet in der Dunkelheit wie ein weißer Bart, der aus den heranspülenden Wellen wächst.
Da liegt etwas, sagt er.
Sieht aus wie Treibgut, meint Karim.
Ich halte den Wagen an und wir steigen aus.
Das ist kein Treibgut, sage ich. Das sind Wale oder Delfine.
Zu klein für Wale, sagt Karim bestimmt.

Wir gehen hinunter zum Strand. Je näher wir kommen, desto offensichtlicher wird, dass Karim recht hat. Es sind keine Wale. Etwa zwei Dutzend schwarze Körper liegen auf dem Sand. Ein paar dümpeln in der Brandung.

Roberto betrachtet die Leichen, dreht sie um, öffnet ihre Hände, berührt ihre Lippen.

Siehst du, sagt Karim zu Roberto, Afrika kommt dir schon entgegen.

Lasst uns weiterfahren, sage ich. Die Küstenwache wird hier bald auftauchen.

Ich bleibe, sagt Roberto.

Wie du willst, sage ich und gehe mit Karim zurück zum Auto.

Als die Sonne aufgeht, sind wir in Tarifa. Dort tauschen wir den Wagen und machen uns auf den Weg nach Marbella. Am Abend gammeln wir am Jachthafen herum und schauen uns die Frauen und die Autos an. Auf einem der Schiffe serviert ein Schwarzer Getränke. Über der Stadt leuchtet die Villa des Königs von Saudi-Arabien in hellem Weiß. In einem Cabrio mit deutschem Kennzeichen sitzt ein älterer Herr. Ich frage ihn, ob er uns auf ein Bier einlädt.

Susanne Ulmer

»He is too tall«

Er hat ein Problem bekommen.
Lamin faltet ihn zusammen und wieder auseinander
– den Brief, der ein Problem ist. Er liest noch einmal,
nicht alles, nur die eine Zeile:

```
Deshalb bitten wir Sie darum, am Donnerstag,
den 24.05.2012, um 23:30 Uhr in dem Ihnen zu-
geschriebenen Wohnsitz zu warten.
```

»Die spinnen«, murmelt Lamin.
Abdou dreht die Musik leiser. »Was ist los?«
Er gibt keine Antwort, packt den Brief in seinen
Rucksack und geht zur Tür.
»Wohin gehst du?!« Abdou schaltet den Ton ganz ab,
setzt sich an den Bettrand. Mit hochgezogenen Au-
genbrauen mustert er seinen Freund.
»Ich glaube, die wollen mich festnehmen.«
»Scheiße! Zeig mal her.«
Lamin reicht ihm den Brief.
»Scheiße«, murmelt Abdou, während er liest, »schei-
ße... weißt du was?« Er gibt Lamin den Brief zurück.
»Sei einfach nicht daheim. Geh in irgendeine Bar.
Oder verlasse am besten gleich den Landkreis. Sag ih-
nen nachher, du hättest den Brief nicht bekommen.«
»Das macht doch keinen Sinn«, erwidert Lamin un-

geduldig. »Da steht, sie haben Fragen, die das Asylverfahren betreffen. Wahrscheinlich wollen sie nur
ein paar Informationen.«

»Und deswegen kommen die mitten in der Nacht um
dich zu holen?! Das glaubst du doch selbst nicht! Die
wollen dich abschieben, Bruder.«

»Sie werden mich nicht abschieben.« Lamin bemüht
sich um einen zuversichtlichen Ton. »Mein Verfahren
ist noch gar nicht durch.«

»Seit wann hält sich eine Regierung an ihre Gesetze?« Abdou schüttelt den Kopf. »Sei nicht dumm, Lamin. Wohin willst du jetzt gehen?«

»Ich versuche das zu klären.«

Er verlässt das Asylwohnheim und geht in die Stadt-
mitte. Die meisten Asylbewerber würden tatsächlich
tun, was Abdou vorgeschlagen hat. Einfach nicht daheim sein. Wahrscheinlich ist das ganz schlau.
Ich bin nicht wie die meisten. Ich gehöre hierher.
Vor der Ausländerbehörde macht Lamin halt, überlegt noch einmal, während er das Schild mit den Öff-
nungszeiten taxiert.
Weglaufen bringt nichts.
Dann strafft er die Schultern und geht hinein.
Frau Leonhard hebt ihren Blick nicht, als er eintritt.
Lamin lächelt grimmig. Er ist ihre große Liebe, das
weiß er schon.

»Herr Sesay, guten Tag«, beginnt sie schließlich, als
er vor ihr Platz genommen hat. »Was kann ich für Sie
tun?«

Lamin schiebt den Brief über den Schreibtisch. Sie
überfliegt ihn kurz.

»Wenn Sie einen Übersetzer brauchen, müssen Sie sich an die Sozialarbeiterin wenden.«

Einen Übersetzer. Kurz glaubt er, Gehässigkeit in ihren Augen zu sehen, aber vielleicht bildet er sich das auch nur ein.

»Ich verstehe den Brief«, entgegnet Lamin. »Aber ich dachte, Sie könnten mir erklären, was das soll.«

»Das erschließt sich eigentlich aus dem Inhalt.« Frau Leonhard fährt sich durchs Haar. »Es gibt einige ungeklärte Fragen bezüglich Ihres Asylverfahrens. Das Gespräch findet nicht hier statt, sondern in Halberstadt. Die Polizeibeamten werden Sie abholen und hinbegleiten.«

»Frau Leonhard, ich bin Asylbewerber.« Lamin beugt sich über den Tisch. »Wenn Ihre Vorgesetzten Fragen an mich haben, dann werde ich die natürlich beantworten. Geben Sie mir ein Zugticket, und ich fahre von Biberach nach Halberstadt, das ist kein Problem. Aber mich nachts von der Polizei abholen lassen, als wäre ich ein Krimineller … so etwas mache ich nicht mit. Ich habe nichts Unrechtes getan.«

Sie blickt von ihm zur Uhr. Dann seufzt sie.

»Und Sie versichern mir, dass Sie sich an Ort und Stelle einfinden werden?«

»Ich versichere Ihnen, ich werde da sein. Sie kennen mich bereits, Frau Leonhard.«

Sie kräuselt die Lippen. »In der Tat«, entgegnet sie lediglich und greift daraufhin zum Hörer. »Warten Sie einen Augenblick, ich versuche das zu klären.«

Als sie wieder auflegt, nickt sie ihm zu.

»Wir stellen Ihnen ein Zugticket aus.«

Halberstadt liegt in Sachsen-Anhalt, im Landkreis Harz. Lamin sitzt acht Stunden im Zug und denkt nach.

Warum habe ich Angst? Sie können mich nicht abschieben, mein Asylverfahren ist noch nicht durch.

Er sieht den vorbeiziehenden Ortschaften hinterher.

Ich bleibe hier, in Deutschland.

Die irrationale Furcht wächst, als der Zug in Halberstadt einfährt.

Er ignoriert die Wegbeschreibung, die Frau Leonhard vorsorglich zum Ticket gelegt hat, tippt stattdessen die Adresse in sein Smartphone ein und folgt dem Routenplaner von GoogleMaps.

Als er den Zielort erreicht hat, steht er vor einem alten Militärstützpunkt.

Lamin betrachtet das Gebäude, das wohl früher einmal als Kaserne diente.

Vielleicht war es ein Fehler, herzukommen.

Polizisten empfangen ihn an der Tür.

»Guten Tag. Mein Name ist Lamin Sesay. Ich habe einen Termin hier.« Er holt den Brief hervor und reicht ihn weiter.

»Kommen Sie mit.« Zwei Polizisten nehmen ihn in die Mitte. Sie führen Lamin durch den beleuchteten Flur – wortlos.

Es war ein Fehler.

Das wird ihm klar, als sie in einem Vorraum stehen, in dem ihn eine Handvoll Polizisten erwartet.

Lamin sieht auf die schwere Tür am anderen Ende des Raumes.

»Haben Sie eine Fotokamera dabei?«

Er schüttelt den Kopf.

Natürlich nicht. Das hier ist kein Strandurlaub.

»Strecken Sie die Arme aus.« Der Polizist tastet ihn ab. Er zieht das Handy aus der Tasche.

»Na sieh an, was haben wir denn da?«, brummt er.

»Das ist ein Smartphone«, erklärt Lamin hilflos.

Keine Fotokamera. Zumindest nicht nur. Es ist doch keine Waffe.

»Sie haben nicht die Berechtigung, Ihr Mobiltelefon mit in das Gespräch zu nehmen. Tragen Sie sonst etwas bei sich? Einen Tonträger? Videokamera?«

»Nein.« Lamin schüttelt zur Bekräftigung den Kopf.

Der Polizist tastet die Hosenbeine ab.

»Ziehen Sie Ihre Schuhe aus.«

»Ich habe keine Waffen bei mir.« Lamin löst die Schnürsenkel und steht gleich darauf in Socken im Zimmer. Er sieht dem Beamten ins Gesicht.

Der nickt.

»Sie können Ihre Schuhe wieder anziehen.«

Da stehen sie und schauen ihn an. Wachsam. Als wäre er eine Bombe, die jeden Augenblick in die Luft gehen könnte.

Sie wollen mich tatsächlich abschieben.

Panik steigt in ihm auf. Explosiv.

Ich bleibe hier.

»Wenn Sie uns folgen würden.«

Die Tür nähert sich Lamin und fällt hinter ihm ins Schloss.

Er dreht sich kurz um. Sie haben ihn begleitet.

Vor ihm sitzen zwei Weiße im Anzug und fünf Schwarze. Gambier?

Das ist kein Gespräch. Keine Anhörung. Sonst müsste irgendjemand etwas sagen. Und sie starren ihn einfach an.

»What do you think?« Der Weiße dreht sich den fünf Schwarzen zu. »Is he a Gambian?«

Die geben keine Antwort. Mustern Lamin.

Lamin sieht an sich herunter. Bei den Händen stockt sein Blick. Sie zittern.

»Mister Muller.« Der Älteste der Afrikaner ergreift das Wort. »I'm sure he's not a Gambian. He is too tall.«

Zu groß? Lamin will lachen, fassungslos. Sie haben keine Ahnung. Sie wurden nur nach Deutschland geholt, um uns Asylbewerber als Gambier zu identifizieren.

»Well, we have some tall tribes in Gambia...«

»But not as tall as he is.« Der Gambier fällt seinem Landsmann ins Wort. »He doesn't look like a Gambian.«

Idioten! Ihr seid korrupte Handlanger eines wahnsinnigen Präsidenten, der für dieses Prozedere sein Geld kassiert.

»Mister Sesay, would you mind to answer some questions?«

Lamin verschränkt die Finger ineinander und löst sie wieder – sie zittern immer noch.

»Mister Sesay!«

Er spürt einen ungeduldigen Blick auf sich haften.

»Tschuldigung. Was meinen Sie?«

Der weiße Beamte lehnt sich im Stuhl zurück.

»Herr Sesay, wir haben ein paar Fragen an Sie. Wenn Sie diese bitte beantworten könnten – auf Englisch.«

Sie wollen meinen Akzent analysieren.

»Nein.«

Der Beamte legt den Stift aus der Hand und tauscht einen kurzen Blick mit seinem weißen Kollegen. Die Gambier, die leise auf Mandinka über Lamins Größe diskutieren, verstummen jetzt.

»Und warum nicht?«

Der Weiße greift wieder nach dem Stift.

»Ich antworte auf alle Fragen, aber in Deutsch«, sagt Lamin.

»Das geht nicht«

»Wenn wir in Großbritannien sind, werde ich Englisch sprechen. Aber hier ist Deutschland. Und Sie sind Deutscher. Deshalb rede ich Deutsch mit Ihnen.«

»Herr Sesay, meine Kollegen«, er nickt den Gambiern zu, »sprechen kein Deutsch. Wenn Sie also bitte auf Englisch antworten könnten, damit jeder hier im Raum versteht, was Sie sagen.«

»Das mache ich nicht«, wiederholt Lamin. »Ich habe in Deutschland Asyl beantragt, also will ich eine Anhörung in Deutsch.« Er begegnet dem Blick des Beamten.

»Warum arbeiten Ihre Kollegen für die deutsche Behörde, wenn sie kein Deutsch verstehen?«, fragt er weiter.

Keine Antwort.

»Herr Sesay, Sie sind ohne Papiere nach Deutschland gekommen.« Der zweite Beamte ergreift das Wort.

»Das stimmt nicht. Ich habe meine Papiere abgegeben.«

Der Weiße ignoriert ihn. »In Ihrer Erstanhörung haben Sie behauptet, dass Sie aus Gambia kommen. Ist das so richtig?«

»Sie haben das dokumentiert.« Lamin hasst solche Gespräche. »Warum fragen Sie mich jetzt wieder?«

»What did he say?«, fragt der ältere Gambier den Deutschen.

»He claimed to be a Gambian«, erwidert der erste Weiße. »Is this possible?«

»Impossible! He might be from East Africa.«

Ostafrika. Warum auch nicht?

»We want to deport him.«

»Mister Muller«, der Gambier wird ärgerlich. »You can't deport him to Gambia if he isn't a Gambian! The foreigners you sent us cause a lot of problems there! We won't adopt the whole of Africa just because they're blacks!«

»Everybody may claim to be a Gambian«, bekräftigt ein anderer. »That doesn't mean anything.«

Der Weiße wendet sich wieder an Lamin.

»Wie groß sind Sie, Herr Sesay?«

»2,02 Meter.«

Die Gambier schütteln den Kopf, einstimmig. Lamin kommt nicht aus Gambia. Er ist zu groß.

»No deportation.« Der Weiße seufzt.

Lamin spürt, wie die Luft langsam aus seinen Lungen entweicht. Kein Heimatland – keine Abschiebung.

»Was sollen wir machen?«

Die Frage war nicht an ihn gerichtet, aber Lamin weiß trotzdem eine Antwort: »Am besten ist es, wenn Sie mich nach Hause schicken.«

Der Weiße hebt den Kopf: »Nach Gambia?«

»Nein«, sagt Lamin, »nach Biberach.«

An der Tür ruft ihn der Beamte namens Müller noch einmal zurück: »Herr Sesay...«

Lamin dreht sich um.

»Ich habe vermerkt, dass Sie die Mitarbeit verweigern.«

»Weil ich Deutsch spreche?«

Der Weiße geht nicht weiter darauf ein.

Da haben sie einmal einen Asylbewerber, der die Wahrheit über sein Herkunftsland sagt. Und dann glauben sie ihm nicht.

Draußen reicht ihm ein Polizist sein Handy. Sie haben es ausgeschaltet.

»Ich begleite Sie hinaus.«

Lamin folgt ihm.

»Wir wünschen Ihnen einen schönen Tag, Herr Sesay.«

Er nimmt das Ticket aus seiner Tasche, will sich auf den Weg machen und hält abrupt inne. »Da steht keine Rückfahrt.«

»Wie bitte?«

»Ich brauche noch ein Rückfahrticket«, erklärt Lamin. »Nach Biberach.«

Der Beamte zögert kurz, dann sagt er: »Wir regeln das.«

Eine halbe Stunde später hat Lamin ein Ticket. Die Zugfahrt verbringt er schlafend. Wenn er aufwacht, blickt er aus dem Fenster und ist stolz, erleichtert und wütend zugleich. Dann schläft er wieder ein.

Matthias Kaiser

MORGEN GEHT ES WEITER

Morgen geht es wieder weiter, sagt Papa. Er schimpft über den Schlamm und sieht in die Wolken. Er hat seine Hände vor den Augen, dabei scheint die Sonne gar nicht. Ich will nicht weiter. Ich mag es hier. Im Schlamm kann man Burgen bauen. Und es gibt Matschkuchen. Der schmeckt aber nicht. Dafür ist der Himmel näher als zu Hause. Wenn ich hochspringe, kann ich ihn fast erreichen. Doch ich soll nicht springen. Du hast nur diese Hose, sagt Papa. Mama winkt mir manchmal zu. Wenn wir nichts zu essen haben, sehe ich sie in den Wolken. Opa nicht. Papa sagt, er hat sich ganz schlimm wehgetan und ist jetzt bei Mama.

Aber das ist schon okay. Ich hab Opa noch nie gesehen. Vielleicht winkt er deshalb nicht. Jesus winkt auch nicht. Papa sagt, ich darf nichts sagen. Also über Jesus. Die anderen mögen ihn nicht. Morgen geht es weiter, sagt Papa. Er raucht jetzt viel. Das stinkt. Als Mama noch da war, hat er im Schuppen geraucht. Da ging Mama nicht hin. Jetzt raucht er im Zelt. Es lässt den Regen draußen und macht das Licht und Papas Zigaretten grün. Zelten mag ich sehr. Zu Hause waren überall Löcher und die Fenster waren kaputt. Da war es kalt und das Licht war auch nicht grün. Ich will nicht weg. Die anderen Kinder spielen mit mir. Ich hab so viele neue Freunde gefunden. Weil ich doch meine Freunde nicht wiedergefunden habe. Also die alten. Manchmal hört man Böller knallen. Papa sagt dann, morgen geht es weiter.

Einer der Jungs sagt, dass ich doof bin, wegen der Böller. Er spielt trotzdem mit mir. Wir können viel spielen. Es gibt hier keine Schule. Und Papa ist immer da. Aber er tritt auf meine Matschburg. Da hab ich geweint. Ich glaub, er wollte auch weinen. Bestimmt tat es ihm leid. Darum hab ich gesagt, dass es schon okay ist. Manchmal vermiss ich Mama. Papa auch.

Wir machen hier halt. Morgen geht es weiter, sagt einer von den Erwachsenen. Bald sind wir da, sagt er. Ganz oft stimmt das gar nicht. Er ist der Papa von meinem besten Freund. Er sagt, er kannte Papa von früher, aber ich kenne ihn nicht. Mein Kopf tut weh. Die Binde rutscht oft in die Augen. Die Böller haben sehr vielen Leuten wehgetan. Dann hat sich alles gedreht und der Himmel kam ganz nah. Ich vermisse Papa. Die anderen Kinder sagen, das waren keine Böller. Glaube ich jetzt auch nicht mehr. Ich spiele am Meer mit den anderen Kindern. Das Wasser ist grün. Da spiegelt sich der Himmel. Wir werden bald Schiff fahren, sagt mein neuer Freund, und: Mein Papa sorgt dafür, dass du mitkannst. Ich mag das Meer. Morgen geht es weiter.

Henning Bakker

Erde werden

Sie sprangen halb, halb schwebten die Männer über den Ruinenmond, in verlangsamten Bewegungen, als wäre ihre Lebenszeit gedrosselt worden. Sie trugen das gleiche verzweifelte Gesicht. Zwischen zerstörten Fassaden, bizarr aus dem Schutt ragenden Stahlträgern, liefen sie Zickzack, passierten die eingefallene Kuppel des Theaters, die Säulen der alten Bibliothek, versteckten sich in dem, was vom Stadtkern noch übrig war, bevor sie weiterliefen. Achtung, immer Achtung. Das Regime ließ seine Soldaten überall patrouillieren, selbst dort, wo es nichts mehr zu zerstören und kaum noch Menschen zu bekämpfen gab. Ein Vierteljahrhundert hatten Yassir und sein Bruder Aamir, nur eine Wehe jünger, unter ihm gelebt. Sterben würden sie nicht unter ihm. Dabei bedrohten sie nicht nur die Meteore, die unvorhersehbar einschlugen und *vernichteten*. Auch der Hunger bedrohte sie.

Manchmal fanden sich in den Supermärkten noch konservierte Nahrungsmittel von damals. Verpackte Gewürztüten, Reis in Plastiksäcken. Yassir führte sie in den Norden außerhalb der Stadt, wo ein Laden stehen sollte, der noch nicht geplündert worden war. Ein Gerücht. Das Beste, was sie hatten. Ihre Vorräte zu Hause wurden knapp. Ihnen blieben nur die Überbleibsel aus der alten Zeit. Fruchtbaren Boden suchte man hier, in den Trümmerwiesen und Kraterschluchten, oft vergeblich. Auf Hilfe von außen hofften sie nicht mehr. Dunkelheit umgab sie. Im endlos schwarzen Horizont, am zeitlos schwarzen Himmel leuchtete nichts als der Blaue Planet. Und sein gewaltiger Schatten war dem *Mond Syrien* Tarnkappe im finsteren All.

Yassir fühlte all die hungernden Augen in den Schatten, obwohl niemand sich zeigte. Aamir hob den Kopf aus der Deckung, prüfte verdächtige Ecken mit schnellen Blicken und winkte seinem Bruder, dass er zu ihm aufschließen könne. Geduckt bewegte sich Yassir vorwärts. Er bemühte sich, unsichtbar zu bleiben, aber nicht um einen leisen Schritt. Auf dem Mond gab es weder Luft noch Schall noch Ton. Stille blieb die Antwort jedes Handelns. Geräusche waren Artefakte der Vergangenheit.

Flüchtig fasste er Aamir am Arm, eine Berührung, die beide ans Durchhalten erinnerte. Weiter. In den Gassen reihten sich zerstörte Häuser auf, ausgerissene Laternen lagen herum, wasserlose Stahlleitungen wölbten sich aus dem Grund wie Baumwurzeln. Zweimal erschraken sie, als Gespenster hervorwehten und wieder verschwanden. Frauen und Männer im Grenzbereich von Leben und Tod.

Schließlich versperrten zwei Militärlastwagen den Weg, die Heck an Front in eine Seitenstraße manövriert worden waren. Wracks. Yassir nickte seinem Bruder zu. Hier gab es ein Geheimnis. Hier waren sie richtig. Die Falle zeigte sich zu offensichtlich. Der Überlebenswille trieb sie, aber nicht in die Unvorsicht. Sie nahmen einen Umweg durch ein leer stehendes Haus. Yassir riss die Haustür, die noch halb in den Angeln hing, heraus und bat Aamir mit höflicher Geste herein. Dann fragte er sich, woher die Ironie gekommen war. Er musste wahnsinnig werden.

Erdgeschoss und Treppengang lagen verlassen da. Offene Schränke, aus denen Klamotten hingen, zerschmetterte Spiegel. Keine Menschen. Auf dem Bauch robbten sie zum Fenster. Yassir spähte als Erster hinaus, machte sich schon darauf gefasst, einer Kugel auszuweichen; doch stattdessen entdeckte er die blutbedeckten Leichen von Soldaten, auf den Ladeflächen verteilt. Jemand war vor ihnen hier gewesen. Diesmal freute er sich darüber.

Sie sprangen auf die Laster und ekelten sich vor den verstümmelten Toten, die bei dem Aufprall nach oben schwebten. Einer hielt sein Sturmgewehr noch immer in der Hand. Yassir entriss es ihm. Aamir gestikulierte wild, griff sich an den Kopf. Aber der Erstgeborene überging den Jüngeren bei dieser Entscheidung, ohne ihn weiter zu beachten. Das Privileg der früheren Geburt. Schon schulterte er das Gewehr und landete auf der Straße.

Hätten sie auf dem restlichen Weg noch intensiver schweigen können, sie hätten es getan.

Dann erkannten sie hinter einem gigantischen Krater, der einmal ein Sportplatz oder Ähnliches gewesen sein mochte, die Baldachine der Basarstände, die sich an einen großen Komplex anlehnten. Dies musste der Ort sein. Dass der *Laden* sich als Großhandel herausstellte, der sich über Tausende Quadratmeter erstreckte, hätte Yassir und Aamir vor Glück auflachen lassen, wären die Umstände andere gewesen, so aber hielten den Atem lieber bei sich. Umarmten sich heftig.

Endlich zeigten sich andere Menschen, eine wuselnde, hektische Masse, Zivilisten wie sie. Yassir war beruhigt, auch wenn sie sich auf große Konkurrenz gefasst machen mussten. Sie mussten den halben Krater umrunden, um den Eingang des Markts zu erreichen. Besser sich beeilen. Der Waffengurt schmiegte sich an Yassirs Brust.

Im Näherkommen befiel die Brüder zunächst nur ein seltsames Gefühl. Es mochte an dem tiefen Loch liegen, das sich neben ihnen auftat, unnatürlich wie ein offen stehendes Maul. Mehr und mehr beobachteten sie, wie die Menge sich an einem Punkt verdichtete. Aber die Leute schienen nicht aggressiv zu sein, wie es zu erwarten gewesen wäre, wenn alle auf einmal durch eine Tür rennen wollten. Sie wirkten hektisch und ziellos. Als könnten sie nicht schnell genug fliehen. Wie in einem Albtraum, trotz der Flucht an einem Ort gefangen. Yassir folgte dem panischen Ausdruck ihrer Augen in den Himmel hinter sich, es blieb ihm keine Zeit zu handeln, er dachte nicht nach, stieß seinen Bruder zur Seite, sodass dieser erschrocken die Kraterwand hinabrutschte –

Der Meteor schlug ein.

Alles läuft so wunderbar. Gesine hat den Fuchs gefangen, also ein Punkt in den Pott. Sie hat beide *Alten* in ihrem Blatt gehabt und anschließend Margritt geheiratet.

»Ein brillanter Schachzug, wenn ich das selbst mal so behaupten darf.«

»Wenn ich mir meinen Alten mal auch so einfach neu aussuchen könnte«, sagt Margritt. Darauf geben sich beide einen High five. Sie dominieren das Spiel mit Leichtigkeit.

»Genießt nur eure Glückssträhne, im Flieger gibt's keinen Platz für die Karten«, sagt Betti.

»Wenn es denn endlich mal so weit ist«, ergänzt Hanni.

Die Doppelkopf-Damen sitzen in der Flughafenhalle, haben schon lange die Koffer abgegeben und warten nun darauf, an Bord gehen zu können. Der Flieger hat schon eine halbe Stunde Verspätung. Vor allem das Verliererduo möchte die sinnlos vergeudete Zeit nicht länger hinnehmen. Aber als sie nach verlorenem Spiel beschließen, dem Hunger nach Beschwerde zu folgen, tritt eine Stewardess mit Kopftuch an sie heran und informiert sie, dass das Flugzeug soeben eingetroffen sei.

»Na endlich«, stöhnt Hanni.

»Die sind ja schon immer schwer zu verstehen«, sagt Gesine. »Bis man da mal den Sinn entschlüsselt hat.«

»Frag mich mal.« Betti verstaut das Kartendeck. »Ich hab bei der Arbeit ständig damit zu kämpfen.«

»Von wegen Arbeit, Mädels, jetzt ist Urlaub angesagt! Schwarzes Meer!«, ruft Margritt.

Die Begeisterung steckt die anderen an. Sie steigen in die Maschine nach Sharm el Sheikh, Ägypten.

Yassir erwachte. Staubwolken standen da wie erfrorene Mückenschwärme. Er konnte nichts sehen. Tränen in den Augen. Seine Haut brannte. Die Knochen pochten. Alles wirbelte herum. Die Erde tanzte vorbei. Er lag in einem Schutthaufen. Raum und Zeit, ebenfalls zerbrochen, setzten sich nur schwerfällig wieder zusammen. Langsam traten die Erinnerungen hervor. An den Markt. Die Menschen. An den Meteor. Aamir.

Yassir wollte sich aufrichten, konnte es nicht. Die Beine versagten, brannten vor Hitze und Kälte zugleich. Als er, in verwirrtem, naivem Instinkt, mit den Händen nachhalf, die Beine aufzustellen, fiel ihm zuerst seine rote Hand auf, dann die Eisenstange, die in seinem Oberschenkel steckte. Zuletzt der Schmerz. Er brüllte, konnte nicht anders. Die Welt blieb still. Der Schrei brachte Yassir keine Befreiung, ein Fremdkörper in seiner Kehle.

Mit einer Faust aus weißen Knöcheln zog er sich an irgendetwas hoch. Der halb gehockte Stand quälte ihn so sehr, dass er nicht wagte, einen Fuß vor den anderen zu setzen. Geschweige denn das Rohr aus seinem Fleisch zu ziehen. Aber er musste Aamir finden. Und wohin hatte der Meteor ihn geschleudert?

Die Druckwelle des Einschlags musste gewaltig gewesen sein. Er erkannte die Straße nicht. Da war ein instinktiver Impuls in ihm, den Namen seines Bruders zu rufen, aber das wäre nutzlos und würde nur seine Energie verschwenden. Aus eigener Kraft konnte er nicht einmal aufrecht stehen. Sein Blut tropfte auf den Boden. Er drohte, ohnmächtig zu werden, und ob er ohnmächtig geworden war oder nicht, konnte er später nicht mehr sagen, nur dass Aamir, staubbedeckt und mit zerrissener Kleidung, aber unverletzt, ihn irgendwann gefunden hatte und er ihm in die Arme gefallen sein musste, denn das nächste

Mal kam er auf dem Weg nach Hause wieder zur Besinnung, sie schleppten sich zurück, Yassir klammerte sich an Aamir und prüfte, öfter als die Wunde am Schenkel, seine Brust und Schulter. Ja, sein Gewehr war noch da. Er bewegte das versehrte Bein nicht mehr und wischte mit dem schleifenden linken Fuß die Abdrücke des rechten aus, während er sich, zitternd vor Schmerzen, nur noch nach Hause kämpfte, in die vertrauten vier Wände, wo Samira auf ihn wartete und seine Tochter und seine Großmutter, die letzten der Familie al-Ghanouchi. Auch wenn er sich so furchtbar schämte. Er brachte weder Essen mit noch Wasser. Allein die Neuigkeit, dass er keine Streifzüge mehr unternehmen konnte, nutzlos wurde, sowie die Nachricht, dass ihre größte Hoffnung von einem Meteor pulverisiert worden war, würden alles sein, das er nach Hause brachte.

Seine Frau brach in Tränen aus, als sie Yassir sah und schickte Tochter Nour nach oben zur Großmutter, damit sie seinen Zustand nicht mit ansehen musste. Sie küsste ihn mit Lippen, die sich kaum trauten, sein Gesicht zu berühren, streichelte seinen Bart, erschrak. Die Stange ragte noch immer aus der Wunde. Nur dieser Umstand hatte ihn vor dem Verbluten bewahrt. Yassir versuchte, Stärke zu zeigen. Dennoch glich sein Gesicht mehr und mehr der Farbe des Mondes. Er blutete aufs weiße Kanapee.

Samira lief los, ohne dass er Widerworte geben konnte. Es gab in der Stadt eine Art Arzt. Dass sie ihn holte, verstand er auch ohne Worte, und Aamir hielt seine Hand, bis Samira mit dem Doktor das Zimmer betrat.

Er grüßte nicht, sondern entkorkte prompt eine große bauchige Flasche, prügelte ihm eine Handvoll Tabletten in den Mund und zwang ihn,mit der blanken Flüssigkeit nachzuspülen. Yassirs Rachen brannte, als hätte er Aprikosen geschluckt, aus denen Heftzwecken platzten. Er verschluckte sich, musste husten, konnte aber nicht. Ihm blieb keine Zeit, sich zu beruhigen. Der Fremde steckte den offenen Flaschenhals in die offene Wunde, ließ die Flüssigkeit hineinsickern und zog in der gleichen Bewegung, ein ruckartiger Kraftakt, die Stange aus Yassirs Oberschenkel.

Yassirs Augen brüllten seine Qualen heraus. Er griff so heftig nach seinem Bruder, dass er ihn fast erwürgte. Er krampfte. Er presste die Lider zusammen. Irgendwann erschlafften seine Muskeln und er ließ los. Was auch immer er geschluckt hatte, die Schmerzen wurden milder. Er blinzelte misstrauisch. Ein Verband, erstaunlich professionell gewickelt, umspannte die Wunde.

Dann stand sein Bruder auf, weil Samira es ihm mit einem Nicken bedeutete. Der Arzt packte seine Utensilien wieder zusammen, überschlug mithilfe der Finger einige Zahlen. Die Mienen seiner Liebsten ließen keinen Zweifel zu, dass die Rechnung fast kriminell ausfiel und an ein schwarzes Loch erinnerte.

Aamir verschwand in den Garten. Yassir wachte auf aus dem Nebel und dachte jetzt ganz klar. Im Garten stand ein verwitterter Orangenbaum. Seine Wurzeln wucherten durch einen der wenigen Flecken richtiger Erde, die noch übrig geblieben waren. In dieser Erde hatten sie eine Kassette vergraben. In der Kassette befand sich all das Geld, das sie besaßen. Dollarnoten, umgetauscht, als es noch Banken gab, und für den Notfall aufbewahrt.

Der Fremde, der Yassir nicht mehr beachtete, wartete geduldig, bis Aamir ihm die Scheine in die Pranken zählte. Hundert. Zweihundert. Dreihundertfünfzig. Der verzichtbare Hausrat, Fernseher, Radio, die Spielsachen von Nour. Fünfhundert. Sechshundert. Der Silberschmuck seiner toten Mutter. Achthundertfünfzig. Tausend. Das Auto, mit dem Samira und er ihren ersten gemeinsamen Ausflug nach der Hochzeit gemacht hatten – ihr Transportmittel, ihre Sicherheit, ihr Bett, ihre Freiheit.

Das reichte. Yassir hatte seiner Familie nicht nur Trauer und Schande heimgebracht.

Sondern auch eine Waffe.

Er streckte sich nach ihr aus, entsicherte sie, dafür taugte sein Militärdienst noch, hoffte, dass die Munition genügte, und richtete das Gewehr mit bebenden Händen auf den Arzt. Niemand bemerkte ihn, bis der Fremde sich zum Gehen wandte. Der Schock ließ ihn zusammenfahren, lähmte ihn. Auch Yassirs Bruder und seine Frau regten sich nicht und beschworen ihn, nicht zu schießen. Yassirs Fokus brach nicht. Selbst schwer verletzt auf dem Sofa liegend wirkte er bedrohlich. Mit dem Lauf des Gewehres befahl er dem Fremden, das Geld zurückzugeben. Jetzt. Alles.

Der fluchte, heulte und gab neunhundert Dollar zurück. Yassir legte an.

Die letzten hundert warf er auf der Flucht nach draußen von sich. Und was er sonst in den Taschen hatte.

Yassir wollte Samira und Aamir zulächeln, aber als er in ihre Richtung schielte, wichen sie zurück.

Ans Kartenspielen ist im Flieger wirklich nicht zu denken. Die Knie berühren fast den Sitz der Vorderreihe. Selbst wenn man den Rücken ganz an die Lehne drückt. So eng ist es hier. Dafür kann man sich mit Filmen, Büchern und natürlich allerlei Tratsch unterhalten.

»Wie ist das eigentlich mit deiner Tochter, Margritt? Besser geworden?«

»Ach, du ahnst es nicht.« Margritt lässt die Hand auf ihren Oberschenkel knallen. »Hat sich wieder was Tolles einfallen lassen.«

Anstatt auf die gerunzelte Stirn zu antworten, holt sie ihr Tablet hervor, wischt ein paar Mal darauf herum und zeigt ihren Freundinnen ein Bild. Auf ihrem weiß verputzten Eigenheim, das sich an der Ecke einer großen Kreuzung befindet, hat jemand ein Graffiti gesprayt. Es zeigt das Porträt des syrischen Diktators, der aus einem Arsch herausschaut. Darunter ist der Schriftzug zu lesen:

MACHT AUS ASSAD
EINEN ASS A. D.

Die Damen geben einen Laut von sich, der erschrockenem, lautem Lufteinsaugen nahekommt. Ein bisschen müssen sie auch lachen.

»Ach, nein!«

»Das würd' ich ihr vom Taschengeld abziehen. Knallhart.«

»Malen kann sie aber, das muss man ihr lassen.«

»So was will doch niemand an der Hauswand haben.«

»Nein, wirklich nicht«, sagt Margritt und drückt auf *Off*.

Über den Vorfall sprach man nicht mehr. Nour und die Großmutter hatten nichts gehört, nichts miterlebt. Damit war das Geschehen zum Geheimnis geworden. Das Geld wurde zurück in die Kassette gelegt und ab sofort im Haus verwahrt. Es gehörte der Familie. Und Yassir kannte den einzigen Verwendungszweck.

Später erwachte er aus seinem Tablettenschlaf und Samira und Aamir hockten neben ihm. Die Schwerkraft eines Riesenplaneten zog an seiner Brust. Dazu diese absolute Stille. Aber was gesagt werden musste, verstand man auch so. Yassir packte seinen Bruder am Arm und drang erst ihm, dann seiner Frau in die Tiefe ihrer erdigen Augen. Sie mussten es jetzt versuchen. Er liebte seine Familie zu sehr, um sie hier sterben zu sehen. Aamir wandte sich ab, wollte sich losreißen. Aber Yassir lockerte den Griff trotz aller Schmerzen nicht. Die Verletzung hielt ihn hier fest. Sie drei könnten eine Zukunft haben. Und dann war da noch Großmutter.

Früher der gute Geist, der die Familie zusammengehalten hatte, verließ sie heute ihr Bett kaum noch. Am Abend kochte sie, was an Lebensmitteln zur Verfügung stand, mit unbewusstem Händegewisch zu einer ungewürzten, trockenen Mahlzeit zusammen. Sie hatten Knoblauch. Sie hatten Kumin. Sie hatten noch

Wasser. Aß dann selbst einen Happen. Und legte sich wieder hin. Yassir würde auf sie achtgeben. Und sie vielleicht auf ihn.

Sein Bruder sollte mit dem Geld eine der Raumfähren nehmen, die von der dunklen Seite des Mondes abhoben. »Illegal.« Aber was lief hier schon nach dem Gesetz? Viele Schiffe hatte die Regierung bereits zerstört, aber die Schlepper bauten immer wieder neue aus dem Schrott der alten. Keine gute Hoffnung. Aber die beste, die er hatte. Damit seine Frau und seine Tochter ein sicheres Leben auf der Erde führen konnten.

Nach grausamen Minuten des Zögerns wurde der Pakt besiegelt. Sie würden es tun. Aber seine Familie wollte ihn nicht verlassen, bevor Yassirs Wunde nicht den ersten Schorf bildete. Dass es ihm fantastisch ging, gesundheitlich, spielte er ihnen am dritten Tag vor, indem er hinter ihnen herhumpelte und sie mit einem intensiven Ernst, der schon den kriminellen Quacksalber in die Flucht geschlagen hatte, aus dem Haus trieb.

Samira küsste ihn, lang, nicht aus Liebe oder Trauer. Sondern aus Zorn. Die kleine Nour, die nichts verstand, drückte das vor Trauer aufgequollene Gesicht an die Brust ihres Vaters und Yassir griff in ihre schwarzen Locken und stellte sich vor, wie sie unter blauem Himmel erwachsen wurde, vielleicht studierte und ein eigenes Haus bezog. Und Aamir gab er drei Küsse auf die Wange zum Abschied und hob das Kinn zur Decke. Dass sie auch Großmutter Lebewohl sagten. Er komme nach, sobald es ihm besser gehe, sagte er sich noch heute jeden Tag. Alle hatten schon zuvor gewusst, wie wenig Aussicht dieser gebetete Monolog versprach.

Dann waren sie fort.

Sie waren tatsächlich gegangen.

Nachdem sie angekommen sind, begeistern sie die wuschigen Frisuren der Palmen und die azurfarbene Schönheit des Meeres. Schwimmen möchten sie aber lieber im Pool, weil im Reiseführer steht, dass man sich zurzeit lieber in der Nähe des Hotels aufhalten soll. Zunächst wollen sich die wackeren Frauen über dieses Gebot hinwegsetzen. Man hat ja keinen Urlaub gebucht, um *zu Hause* zu bleiben. Aber das Tourismusidyll wird rasch getrübt. Tagsüber fällt ihnen bereits die aufgeladene Stimmung auf, die in den Straßen der Stadt herrscht. Auch zwischen den Einheimischen. Keine besonders freundliche Atmosphäre. Beim Abendbummel am Strand sehen sie dann etwas, das sie im ersten Augenblick gar nicht zuordnen können. Ein Fischerkutter ohne Lichter, der sich aus einer Felsenbucht schiebt. Lautes, aufgeregtes Rufen. Dann fällt ein Schuss. Sie erschrecken und rennen sofort zurück zum Hotel. Auf dem Weg dahin dämmert ihnen, wem sie da begegnet sind.

Mit einem Long Island Ice Tea in der Hand zieht Hanni später das Resümee des Tages:

»Man kann sich gar nicht richtig entspannen, wenn man all das Elend hier sieht.«

Der Alkohol hilft ihnen jedoch über diesen Kummer hinweg.

Die Stille verschluckte das Haus nun endgültig. Sie zerkaute den Raum, klebte an Yassir wie zäher Schleim. Früher hatte er es geliebt, die Sterne zum Flüstern der Nacht zu betrachten und seiner Tochter zu erklären, dass der lila Streifen den Rand ihrer Galaxie markierte. Heute hielt er den Anblick der Leere nicht mehr aus.

Er weckte seine Großmutter, damit sie wenigstens einige Stunden am Tag bei wachem, wenn auch nicht klarem Verstand zubrachte. Auch um sich selbst abzulenken. Er wusch sie, zog sie an und erzählte ihr Geschichten, indem er ihr alte Fotos zeigte. Manchmal umarmte sie ihn mit einer überraschenden Härte. In diesen Momenten kam so etwas wie Lebendigkeit zurück, und er konnte seine Gedanken ordnen. Wo auch immer Aamir, Samira und Nour jetzt steckten, er konnte ihnen nicht mehr helfen. Trotzdem setzte ihm die Schuld zu, wann immer er sie nicht vermisste, weil der nächste Meteor den Mond zum Beben brachte. Dann umschlangen sich Großmutter und Enkel, starrten aus dem scheibenlosen Fenster. Seufzten, irgendwo zwischen Glück und Verzweiflung: *Nicht hier.*

Morgens wechselte Yassir den Verband. Er löste die verkrusteten Bandagen ab, tränkte sie in dem Spiritus, den sie vor Jahren, auf der Erde noch, zum Heizen benutzt hatten, wrang das alte Blut aus ihnen und wickelte sie um den Schenkel. Mit jedem neuen Verband beobachtete er, dass die Wunde weiter verheilte. Was er dabei empfand, konnte er nicht sagen. Er hatte sich auf ein langsames Dahinsiechen eingestellt und wusste mit Gesundheit nichts anzufangen. Mochte es seiner Familie gut gehen. Das wäre genug.

Doch je mehr er wieder seinen alten, starken Körper spürte, desto mehr baute Großmutter ab. Zunehmend verweigerte sie sich seiner Pflege, wurde es schwieriger, sie zum Essen zu überreden oder sie aus dem Bett zu holen. Eines Tages entdeckte Yassir, im Schlaf in ihre Hände eingekrallt, den Kaftan, den sein Großvater zur Hochzeit getragen hatte. Trotz offensichtlicher Spuren der Zeit wirkten die bunten Farben an diesem Ort unverschämt und zugleich beschämend. Mehr brauchte die alte Frau nicht und wollte sie nicht. Ihre kleine Gestalt zog sich zusammen, trocknete aus, wurde zur lebenden Mumie. Sie starb.

Yassir streichelte ihr das Haar. Kalt und klamm. Sein Herz pochte, wenn er bei ihr auf der Bettkante saß. Bald würde auch Großmutter eine Reise antreten, auf der er sie nicht begleiten konnte. Sie fasste seine Hand. Beide weinten. Aber sie sei dann im Himmel, sagte er mit stummen Lippen. Keine Antwort. Sie schaute ihn an, aber ihr Blick verließ die Augen nicht: *Der Mond ist zu klein. Er kann keine Himmel binden.*
Am Tag darauf war er ganz allein.

Schon sitzen sie im Flieger nach Deutschland.

»Ich bin auch nicht böse, dass es wieder nach Hause geht«, sagt Gesine. »Bis auf das Wetter.«

»Und auf die Arbeit«, stöhnt Betti. »Montag geht's wieder bei mir los. Da liegen fünfhundert neue Akten auf meinem Tisch. Das versprech ich euch.«

»Neue Kundschaft ist ja schon auf dem Weg«, scherzt Gesine, »Ham wir ja gesehen.«

Der Witz zündet nicht. Das dröhnende weiße Rauschen der Turbinen versucht, die Peinlichkeit zu übertönen. Ohnehin wird es langsam dunkel und sie bringen die Sitze in Liegeposition. Hanni träumt von der Nordsee, Margritt von dem Urlaubsflirt, den sie nicht gefunden hat, und Gesine hat eigentlich gar keine Träume.

Einmal setzte er sich einen alten Lampenschirm auf den Kopf und versteckte sich in der Ecke. Als niemand kam, ihn zu suchen, hörte er auf zu spielen.
Einmal malte er sich mit der Schminke seiner Mutter an. Mit dem Lippenstift färbte er die Augen rot und die Zähne rosa. Er sprang aus düsteren Ecken hervor und erschreckte die Fußgänger.
Einmal folgte er einer Katze, die vor ihm auf einen großen Baum floh. Sie war braun, weiß und schwarz. Er kletterte höher und höher. Aber die Katze sprang herunter und er blieb oben und miaute.
Einmal ging er auf einen Spielplatz und ließ sich kopfüber von der Turnstange baumeln. Im Handstand kam sein Vater näher. *Du hast's gut. Du kannst sitzen. Ich muss mich an der Erde festhalten, damit ich nicht in den Himmel falle.*
Einmal lag er, wie ein Fötus um den Orangenbaum gekuschelt, neben dem Grab seiner Großmutter und witterte seine Kindheit.

Montag. Betti reibt sich die Augen und fixiert müde die Uhr. Zwanzig vor sechs. Und noch immer hört sie Gespräche und Rufe aus dem Wartebereich. Wenn sie hier fertig wäre, würde sie schon wieder genug

Überstunden für den nächsten Urlaub gesammelt haben. Eine bittere Freude. Sie ruft elektronisch die nächste Nummer auf. Ein junges Paar kommt herein. Die Tochter kann höchstens fünf sein und schläft auf dem Arm der Mutter. Sie legen eine Mappe auf den Schreibtisch, die bei jedem Bewerbungsverfahren gar nicht erst aufgemacht worden wäre. Und warten.

»Bitte setzen Sie sich.« Betti deutet auf die Stühle. Sie nehmen Platz. »Deutsch?« Das Paar schüttelt den Kopf. Sprechen natürlich kein Deutsch. Bettis Englisch ist zwar nicht das Beste, aber sie macht das ja nicht zum ersten Mal.

Sie holt tief Luft. »First off, welcome to Germany. But we have to fill out a formular together.« Sie ächzt kurz, als sie sich zum Aktenordner beugt und eins der Blätter hervorkramt. Dann setzt sie ihre Lesebrille auf und schaut die Mappe durch. »You have at least your documents with you. Oder was davon übrig ist. – So you are the al-Ghanouchis from Syria?«

Beide nicken.

»Which is which?«

»I am Aamir.« Der Mann schaut zur Frau.

»I am Samira, and this is Nour.«

Betti fragt lieber noch mal genau nach. »So you are the man and you the woman?«

»Yes«, antworten sie beide. Mann und Frau also. Das ist offensichtlich gewesen, aber macht die Sache trotzdem wesentlich leichter – für alle Beteiligten. Betti kratzt sich am Mund und lächelt. »You are lucky. Families have a bigger chance of accepting.«

Ihr Kuli flattert über das Papier, sie drückt den Stempel ins nasse Kissen, holt aus und schlägt ihn auf das Blatt.

Y spürte das Beben des nächsten Meteors. Er musste irgendwo im Süden eingeschlagen sein. Vielleicht in die Oper. Die brauchte man ohnehin nicht mehr. Man wusste nie, wann der nächste abgefeuert wurde, nur dass es einen nächsten gab. Es gab immer den nächsten. Das Regime karrte den Schutt der Häuser und die Menschenreste zusammen, presste sie zu einem neuen Meteor und schickte ihn wieder ins All. Der Mond war sich selbst ein endloser Vorrat Munition.

Manchmal beobachtete Y die Leichen, die als kleine Punkte im Sternenozean trieben. Man wusste, wie die Sache lief. Die Schlepper überfrachteten ihre recycleten Raumfähren, Meuterei an Bord, und wenn ein Warnschuss nichts half, wurde die Luftschleuse geöffnet. Aber seinen Dreien war das nicht widerfahren. Das wusste er. Sie waren irgendwo *dort*.

Den linken Fuß ausgestreckt, das rechte Knie angewinkelt, saß Y an den Orangenbaum gelehnt und hielt sein Gewehr wie eine Gitarre. Er betrachtete das blaue Auge über sich, das langsam blinzelnd, einmal pro Tag, aus der wachsenden Einsamkeit des Alls leuchtete und seinerseits auf diesen Krieg herabsah, das Museum der Gewalt. All das begleitet vom Soundtrack der Lautlosigkeit.

Wer weiß. Vielleicht wird irgendwann
ein echter Frühling auf dem Mond anbrechen,
der nur die Gewalt der berstenden Knospe kennt.
Oder es kommt anders
und wir werden wieder
Erde werden.

Marc Richter

Es herrscht Sturm auf See,
darunter ist es still.
Und Europa fern,
ein Mond um Jupiter,
nackt und bitterkalt. Die See:
wie ein Regime. Es packt
nur fester zu, wenn man ihm
entkommen will.

Und unter einer Schicht
aus Haut, so schwarz und fremd
wie unter einer Schicht
aus kilometerdickem Eis,
ein Ozean der Nacht.
Er bricht heraus.
Er färbt sich weiß,
wenn Atem,
der von Hunderten,
die Wellen kämmt.

Der Nebel lichtet sich
mit jedem Mund, der untergeht.
Es ist kein Land in Sicht,
die Grenzen fließend, weit
wie Hoffnung trägt:
Ein Fischer fischt.
Vielleicht.

Anhang

Die Herausgeberin

Alexandra Scherer, Jahrgang 1962, wohnhaft in Wangen im Allgäu. Als unverbesserlicher Pessimist mit optimistischer Grundhaltung glaubt sie, dass Menschen per se gut sind und sich gegenseitig unterstützen. Einer ihrer Blogs:

www.lapidarsgedanken.wordpress.com

Die Autoren

T. Arens, im Ausland geboren, wuchs seit ihrem achten Lebensjahr in der bayrischen Hauptstadt auf. Heute lebt und studiert sie in Stuttgart.

Henning Bakker, 1990 in Leer geboren, studiert in Marburg deutsche und französische Literaturwissenschaft.

Sonja Bethke-Jehle, wurde am 07.11.1984 im Odenwald geboren – entgegen aller Gerüchte ohne Bleistift in der Hand. Dennoch veröffentlichte sie 2015 ihren ersten Roman »Umdrehungen – Das Leben steht still«. Am liebsten schreibt sie über Menschen, die Grenzen überwinden, für Barrierefreiheit kämpfen oder eine große Herausforderung bestehen müssen. Deswegen hat sie den Beitrag für die Anthologie sehr gerne geschrieben. Informationen zu der Autorin finden Sie im Internet unter www.sonja-bethke-jehle.de

RAINER BUCK, Jahrgang 1965, lebt in Marbach am Neckar. Veröffentlichte seit 2010 drei Romane (»Aljoscha«, »44 Tage mit Paul«, »Tims Arche«), zwei Erzählbiografien über KarlMay und Fjodor Dostojewski, ein Hörspiel (»Old Cursing Dry«) sowie Kurzgeschichten.

www.marbacher-literatur-manufaktur.de.to

JACK BURNS wurde 1980 in São Paulo als Sohn eines Diplomaten geboren. Seine Kindheit verbrachte er in verschiedenen Städten Südamerikas und in Südostasien. Ab 2002 studierte er Germanistik in Berlin. In der Folge beschäftigte sich Burns mit der mitteleuropäischen Literatur des Frühmittelalters und arbeitet zurzeit an einer Doktorarbeit zum Thema »Brauchen wir einen Literatur-Kanon?«

CHRISTINE HEINE, geboren 1958 in DE, lebt seit mehr als zwei Jahrzehnten als Ausländerin in Irland.

FRANK JESCHKE lebt im pfälzischen Rheinland, von der Küste des Nordens schrittweise hierher verschlagen; Studium der Mathematik und Physik [lehr_tätig], seit Jahren Lyriker und Verfasser von Kurzgeschichten ... zudem Bild_arrangeur, thematische Verfremdungen / PC_malerei. ICH Sandwich: Eigenwill, empathischer Denker / das Wort er_findet sich in seiner Umgebung [Wittgenstein'esk]

Matthias Kaiser, geboren 1986 in Magdeburg, aufgewachsen in Hohendodeleben, lebt seit 2013 in Tübingen. Dort studiert er Germanistik und organisiert unterschiedliche Kulturveranstaltungen. Neben wissenschaftlichen Publikationen veröffentlichte er in verschiedenen Magazinen und Anthologien.

Martin Karrer ist das literarische Alter Ego des Berliner Schriftstellers Jan Weidner, der Karrers Tagebücher und Notizen unter dem Titel »Ekel und Ekstase« auf www.wababbel.de/ekelundekstase veröffentlicht. Jan Weidner ist Mitbegründer des zuckerstudio waldbrunn.

Dr. rer. nat. Jennifer Knoch, Jahrgang 1983, ist Mutter von zwei Söhnen und hoffnungslose Weltverbesserin.

Sven Köther, geboren und aufgewachsen im Taunus. Nach mehrjährigem Aufenthalt in Südamerika und Spanien schließlich am Rand der Eifel gestrandet. Schreibt auf seinem Blog »Der Tlönfahrer«.

www.wababbel.de/tloenfahrer/

Lara Krump, 1990 geboren, lebt bei Nürnberg. Ihre Geschichten beschäftigen sich mit den Menschen darin. Ihren Gedanken, Gründen, Hoffnungen und Fehlern.

Gabriele Lanser, *1950, lebt und schreibt in Nettetal am Niederrhein. Fachbeiträge Pädagogik, Cornelsen- und Friedrich Verlag; Kinder- und Lesebuchgeschichten, Klett-Verlag; Lyrik und Kurzprosa, Anthologien und Zeitschriften. Schreiben ist für sie ein streunendes In-der-Welt-Sein, ein Abirren in die Randgebiete des Befremdlichen, bis hinein ins Gestrüpp des wachen Traums.

RENATE LER, seit 2012 Mitglied des Forums deutscher Schriftsteller, außerdem Gründungsmitglied einer Schreibwerkstatt. Sie schreibt Lyrik und Prosa. Im Moment arbeitet sie an einem Roman. Die Anthologie »Grenzenlos« sieht sie als wichtiges Projekt, das sie gerne durch ihr Mitwirken unterstützt.

MIRIAM MALIK, geboren 1984 in Essen, lebt seit 2008 im Großraum Nürnberg. Durch ihr Studium der Islamwissenschaften verfügt sie über fundierte Kenntnisse des Nahen Ostens. Auf ihrem Blog www.miriam-malik.de veröffentlicht sie Kurzgeschichten aus verschiedenen Genres.

MARC RICHTER schreibt Lyrik, Prosa und Zeug dazwischen. 1981 geboren und aufgewachsen in Wiesbaden. Nach dem Abitur Studium der Philosophie in Köln, Studium der Sozialen Arbeit in Wiesbaden, sowie Studium der Germanistik in Mainz und München. Weitere Infos unter www.crimscram.com

VERA RICK lebt und arbeitet in Frankfurt. Sie schreibt, weil sie es spannend findet, sich in fremde Schicksale hineinzuversetzen und weil sie immer noch nicht damit aufgehört hat, sich aufzuregen.

ANDI ROSCHER, Jahrgang '71 – Kopfarbeiter und Ly-romane. 2 Kinder + 1 Freundin + 1 Job als Heilerzie-hungspfleger = glücklich.

MATTHIAS SCHLICKE, geboren 1960 in Dresden, Inge-nieur, Schauspiel-Amateur und Liebhaber von Spra-che und Literatur. Das alles befähigt noch nicht zum Verfassen von Texten. Er versucht es trotzdem.

HELEN SKROBSKI, geboren 1991, lebt im schönen Nordrhein-Westfalen und schreibt am liebsten Ge-schichten, die Fantasie und Märchen mit modernen oder futuristischen Elementen mischen. Sie ist der Überzeugung, dass Literatur die Welt zwar nicht ret-ten, aber zum Leuchten bringen kann.

CHRISTOF SPERL, geboren 1961 in Kassel, studier-te Romanistik und Anglistik in Kassel und Angers, Frankreich. Nach Stationen als Hotelpage, Dolmet-scher, Linguistikdozent und Übersetzer arbeitete er am Goethe-Institut und als Versicherungs-Sachbear-beiter in Paris. Danach lebte er längere Zeit in Mün-chen, wo er begann, sich mit asiatischen Sprachen zu beschäftigen. In diese Zeit fallen seine ersten Schreib-versuche. Seit 2003 lebt er mit seiner Familie in Kassel. Er unterrichtet Französisch und Englisch. In seiner freien Zeit betätigt er sich weiterhin als Schriftsteller.

SUSANNE ULMER ist 1993 in Laupheim geboren und dort auch aufgewachsen. Sie sammelt fortwährend Geschichten im In- und Ausland und hat dafür ins-besondere 2009/2010 einen großen Teil ihrer Freizeit in einem Asylwohnheim verbracht. Heute wohnt sie in Ulm.

KAY WEINGARTEN, Jahrgang 1965, schreibt, weil sie Menschen mag. Und um nicht verrückt zu werden.

KORREKTORAT UND LEKTORAT

DANIELA HAHNER, 1972 in München geboren und aufgewachsen, lebt seit kurzer Zeit ein vorbildliches Waitlerleben im Bayerischen Wald. Nach einem wenig geradlinigen Weg im Umfeld verschiedener Film- und Fernsehproduktionen arbeitet sie heute im Finanzbereich. Literarische Vorbilder fand sie in Max Goldt und Martin Suter. Sie konzentriert sich selbst auf jene Geschichten, die unzählig auf Straßen (und Forstwegen) liegengeblieben sind.

UTE KÖHLER arbeitet als freie Lektorin und Korrektorin für Verlage und Autoren. Sie poliert Manuskripte für die Selbstveröffentlichung oder für die Einreichung bei einem Verlag. Sie unterstützt auch die Entstehung eines Romans durch Coaching und begleitet den Weg bis zum Wort Ende unter dem Manuskript. Näheres unter:

www.roman-lektorat-korrektorat.com

KATJA KULIN ist in Bochum als Autorin, Lerntrainerin und freie Lektorin tätig. Sie schreibt Romanbiografien, Sachbücher und Romane.

www.katja-kulin.de

T. ARENS, im Ausland geboren, wuchs seit ihrem achten Lebensjahr in der bayrischen Hauptstadt auf. Heute lebt und studiert sie in Stuttgart.

VERENA KERN wurde 1990 in Heilbronn geboren. Seit 2014 studiert sie an der Kunsthochschule Kassel visuelle Kommunikation mit dem Schwerpunkt Illustration und Trickfilm. In letzter Zeit schreibt sie nicht mehr so viel, sondern entwirft unter anderem Cover für das DsFo, zuletzt für »AufBruchStellen« (Hrsg.: Katja Kulin und Christian Kroos).
Bilder&Texte: www.wababbel.de/v/ (Viel.Verrückt. Fao)